Le Complexe D'égalité

Appolinaire Zilhoubé

Ukiyoto Publishing

All global publishing rights are held by

Ukiyoto Publishing

Published in 2024

Content Copyright © Appolinaire Zilhoubé

ISBN 9789367951095

All rights reserved.
No part of this publication may be reproduced, transmitted, or stored in a retrieval system, in any form by any means, electronic, mechanical, photocopying, recording or otherwise, without the prior permission of the publisher.

The moral rights of the author have been asserted.

This is a work of fiction. Names, characters, businesses, places, events, locales, and incidents are either the products of the author's imagination or used in a fictitious manner. Any resemblance to actual persons, living or dead, or actual events is purely coincidental.

This book is sold subject to the condition that it shall not by way of trade or otherwise, be lent, resold, hired out or otherwise circulated, without the publisher's prior consent, in any form of binding or cover other than that in which it is published.

www.ukiyoto.com

À tous les humains conscients de leur appartenance à une humanité commune.

Contents

Propos liminaire	1
Qu'ils le veuillent ou pas…	9
Nous sommes tous des passants…	24
Car nous mourrons tous.	43
L'alternative	59
About the Author	*72*

Propos liminaire

Ce livre n'a rien de raciste. Il ne prétend pas être révolutionnaire. Il peut juste être considéré comme une réponse. Réponse légitime en réaction au regard condescendant et dégradant porté sur l'homme noir par son semblable blanc. Réponse aussi en réaction aux propos abracadabrants et totalement loufoques tenus depuis belle lurette par les chantres de la théorie de la hiérarchie des races humaines.

Pendant longtemps, les Noirs ont été chosifiés, animalisés, opprimés par les Blancs (esclavage, colonisation, ségrégation raciale, endoctrinement religieux à coups de fouet et par l'argument du canon, etc.). Et cette vérité historique est loin d'être un immémorial souvenir cauchemardesque. Cela ne peut sans doute pas s'expliquer par la seule différence chromatique ou géographique qu'il est aisé d'établir entre les deux races. C'est une évidence que les Noirs et les Blancs n'ont pas en commun le même continent, quoiqu'ayant en partage la même planète et que, visiblement, ils n'ont pas la même couleur de peau, quoiqu'appartenant à la même espèce humaine. Ce qui, en soi, n'a rien d'exceptionnel. Il n'y a donc pas de raison de tirer la moindre gloriole du seul fait d'être Noir ou Blanc et de ce seul fait, se croire supérieur à l'autre et se croire tout permis vis-à-vis de lui.

En ce moment précis où j'écris ces lignes, le Blanc a toujours tendance à considérer le Noir, le nègre, comme il l'appellerait d'ailleurs, comme un être inférieur, un sous-homme, un bon-à-rien ; et l'Afrique comme un territoire d'outre-mer, un territoire d'outre-Atlantique, un morceau de son continent poussé par la mer ou l'océan à l'autre bout du monde. Cette distinction chromatique, blanc et noir, lui suffit amplement à dresser d'énormes cloisons entre les races, à faire de l'une une race supérieure à l'autre.

Pour le Blanc, le Noir est noir, obscur, ténébreux, maudit, sauvage et barbare. Il n'a aucun droit, ne sait rien et rien faire, ne peut rien, ne doit aspirer à rien, n'oserait rien. Pour lui, le Noir est resté coincé dans un stade intermédiaire entre l'animal et l'humain, avec le plus gros de son poids penché vers le stade animal. Il n'hésite pas à se dire que de toutes les parties de son corps noir, son corps d'ébène, son corps charbonné de mélanine, seul son organe génital servirait le plus à l'homme noir. Mieux, c'est de cet organe seul dont il se sert le mieux et dont il n'hésite d'ailleurs pas à se servir à loisir et à profusion. Comme si... Les muscles de l'homme noir constituent pour le Blanc les seuls éléments de sa matière corporelle qui lui seraient le plus utiles.

Le Noir ne serait donc qu'une masse compacte de chair et de muscles, une brute bonne à exécuter machinalement des tâches ingrates qui lui seront pensées et ordonnées par le Blanc, plus intelligent et plus raffiné. Ainsi, par un processus d'évaporation cognitive due à l'action du soleil ardent qui ne cesse de lui vomir ses rayons incandescents du haut de son ciel maudit, le Noir ne serait apte à aucune activité intellectuelle et technique. Comment le pourrait-il ? Puisque, sous l'effet de l'impitoyable canicule de ses tropiques, la Raison, hellène, aurait vite fait de plier bagages et de foutre le camp en direction des régions polaires et tempérées où il fait bon vivre. Non ! Cela est d'ailleurs inexact. On devrait plutôt dire qu'ayant pressenti la fournaise qui l'attendait sur ce Vieux continent, la Raison aurait eu le privilège de ne jamais y mettre les pieds.

Dans le paysage idéologique de l'homme blanc, il n'y a pas pire trahison que de considérer un Noir comme son semblable, son alter ego avec qui il aurait en partage un ancêtre commun, une morphologie commune, une terre commune, un ciel commun, un soleil commun et une lune commune. Il n'y a pas pire péché pour une Blanche que de coucher avec un Noir. Et si elle venait à oser, à se laisser posséder par le démon de cette farce d'Amour, la peine de mort l'attend au bout de sa bravade érotique. Comme si, parlons vulgairement, « elle ne chie pas, ne pisse pas, ne voit jamais ses règles, a toujours senti bon, a un vase en métaux précieux fondus au jardin d'Éden ». Tu parles…

Aussi, il n'y a pas plus grand crime pour un Blanc que de reconnaître à un Noir des aptitudes intellectuelles pouvant aller jusqu'au raisonnement scientifique, « cartésien », à la découverte scientifique et à l'invention scientifique et technique. Depuis quand a-t-on vu un singe fouiller dans les rayons d'une bibliothèque et en tirer une encyclopédie à potasser ? Depuis quand l'a-t-on vu faire de la science et penser en philosophe, c'est-à-dire en usant de la raison et de la pensée critique ? Quelle abomination que de penser, pire, de dire que des Noirs à la peau noire, au nez épaté, aux lèvres charnues et aux cheveux crépus auraient construit des pyramides, réalisé avec un succès incroyable la momification, inventé les hiéroglyphes, les mathématiques (mon cher Omotunde), et que sais-je encore ! Une telle ânerie aurait pu être admise si ç'auraient été des Blancs à la peau noire, aux cheveux crépus, au nez épaté, aux lèvres charnues et vivant non pas en Afrique mais au pourtour de la Méditerranée. Peut-être bien que ç'aurait été moins inconcevable. Peut-être bien.

« À ces sales nègres, il faut bien faire comprendre qu'ils sont au service de l'homme blanc, que tout ce qu'il dit est vrai, que tout ce qu'il fait est bon. Malheur donc à qui dira le contraire, à qui pensera le contraire. Le monopole des idées et de pensée, nul n'a le droit d'en discuter, est divinement occidental. À la Grèce antique, l'humanité doit bien la démocratie. Il n'y a qu'à rentrer dans l'étymologie du mot pour s'en convaincre. Dites bien à ces nègres qu'ils sont les seuls descendants du seul fils noir d'une famille blanche. Qu'ils sont maudits pour de nombreuses générations encore, et que, quoi qu'ils fassent, ils ne réussiront jamais à s'en sortir sans notre aide à nous les Blancs qui les aimons tant. »

Ce mythe est désormais obsolète et aucune mise à jour de leur système de mythomanie impériale n'est plus envisageable pour le réintégrer dans l'imaginaire du nouvel homme noir. Les Blancs le savent désormais, ils ne peuvent plus composer, comploter contre nous, les Noirs, « fiers du sang noir qui coule dans nos veines ». Ils ne peuvent désormais que composer avec nous ou prendre le risque de tenter à nouveau de s'en prendre à nous.

Dorénavant, la carte du riche qui n'ira pas au paradis, de l'autre joue qu'il faut tendre, des actes de l'autre qu'il ne faut pas voir, des paroles qu'il faut ingurgiter jusqu'à la lie sans faire la moue, du mal qu'il ne faut pas rendre au mal, etc. ne fonctionne plus et ne fonctionnera plus jamais. De plus en plus d'Africains sont prêts à prendre le risque de passer toute leur vie après la mort à se tortiller dans l'étang ardent de feu et de soufre que serait la géhenne. Ce séjour infernal qu'ils ont d'ailleurs vécu en casting sur cette terre rendue invivable par ces hommes à l'esprit binaire.

La nouvelle génération d'Africains qui émerge ne se paie pas de mots. Elle n'est pas dupe et malléable à souhait. L'homme noir est désormais conscient du rôle crucial qu'il a joué et jouera dans l'histoire totale de l'humanité. Il sait désormais dissocier le bon grain de l'ivraie. Il sait désormais filtrer la vérité d'un tas de mensonges et authentifier toute information portée à sa connaissance avec les outils appropriés.

Les Blancs devront désormais accepter que l'humanité est une et indivisible. Que nous descendons tous d'un même ancêtre commun, et que, si au sein d'une même famille des frères peuvent être courts, géants ; beaux, laids ; calmes, turbulents ; intelligents, idiots ; travailleurs, paresseux ; courageux, poltrons, etc., il faut être un esprit anhydre pour croire qu'il y aurait une humanité monochrome, homogène et uniforme sur toute l'étendue de la planète. Le seul fait de n'avoir pas qu'un seul continent, qu'un seul océan, qu'un seul type de climat alors que nous avons un seul ciel, un seul soleil et une seule lune, témoigne déjà de ce que, descendu d'un même ciel avec ses éléments vitaux uniques, nous devons dépasser nos différences et faire fusionner nos diversités comme les atomes qui produisent la lumière et l'énergie solaires selon un processus de transformation qu'ils nous expliquent pourtant si bien. Les océans, les mers et les isthmes ne sont pourtant pas des cloisons, mais des passerelles qui nous permettent d'être en circulation, en contact les uns avec les autres.

Mais au demeurant, qu'ils le veuillent ou non, c'est l'Afrique qui aura fait d'eux ce qu'ils sont aujourd'hui et sans les Africains ils ne seraient jamais parvenu au stade où ils se trouvent orgueilleusement aujourd'hui. Qu'ils le sachent, s'il y a un peuple qui a des choses à réclamer, c'est bien le peuple noir, partout où il se trouve. Il est vrai que les réalités historiques sont bien plus complexes que mon jeune esprit de jeune noir ne pourrait comprendre, mais une chose est sûre, les Africains n'auraient pas péri sans la présence étrangère des Blancs sur leur territoire.

Que les choses soient donc claires : la carte de l'esclavage qui aurait été pratiqué par tous les peuples et des Noirs qui auraient participé au commerce triangulaire, il faut réfléchir à plusieurs fois avant de la faire sortir de nouveau. Car les atrocités subies par nos ancêtres sont inénarrables, inhumaines et clairement barbares et sauvages. La reconnaissance de cette pratique hautement barbare comme un crime contre l'humanité est déjà un grand bond vers une vraie humanité. Mais qui reconnaît-on coupable de ce crime ? quelle peine doit-il encourir et comment ? De toutes les façons, rien ne peut être fait pour corriger les erreurs du passé commises à l'encre indélébile du sang. Le présent, nous le vivons déjà et nous y commettons encore beaucoup d'autres erreurs. Seul le futur reste la dernière carte à jouer.

Qu'ils le comprennent aussi, la poudre de l'aveuglement idéologique répandue par leurs religions et leurs pseudo-intellectuels, parce que de mauvaise foi, sont en train de s'estomper et les chaînes politico-économiques fixées lors de la colonisation sont en train d'être inévitablement brisées. L'Africain d'aujourd'hui n'est pas l'Africain d'hier. Il y a eu la renaissance de l'Europe, il y aura la renaissance de l'Afrique. Indubitablement.

Et comme le dit si bien l'éminent Professeur Mubabinge Bilolo, « l'Afrique n'est pas une colonie intellectuelle de l'Occident ». Et toutes les preuves scientifiques et techniques nécessaires ont été apportées par de nombreux intellectuels africains dont les travaux sont à la pointe de la rigueur scientifique. Entre autres : Cheikh Anta Diop, Théophile Obenga, Mubabinge Bilolo, Kalala Omotunde et la liste est bien trop longue.

Nous ferons l'Afrique, avec ou sans l'homme blanc qui n'a pu se passer de l'homme noir. Mais la véritable révolution est idéologique. Il faut changer de paradigme, de vision des choses, certes, mais il faut surtout et avant tout changer de mythe, le mythe de l'Africain maudit et incapable d'initiative et de pensée autonome. La tutelle politique, intellectuelle et spirituelle de l'Europe, il faut y mettre un terme. Vaille que vaille.

Ce livre rassemble quatre histoires. Des nouvelles ? Des mythes ? Des contes fantastiques ou philosophiques ? Peu importe. Chacune d'elle porte en elle les germes du changement. De la reconnaissance de notre appartenance à l'humanité à la fraternité qui s'impose entre tous les humains en passant par notre statut de Passants en circulation sur terre pour un séjour éphémère parfois brutalement écourté par l'inévitable Mort. Jamais de bon gré, nous mourrons tous, l'un après l'autre, en des circonstances et des moments différents. Dans le procès contre la mort, nous sommes tous coupables. Et notre sentence est la même : il nous faut tous quitter le monde qui visiblement nous appartient à tous, un temps, sans n'appartenir à personne, définitivement.

Qu'ils le veuillent ou pas...

Le Monde est notre patrimoine à tous, notre Grande Maison.

Parmi les êtres les plus purs, il y a évidemment les enfants. La science permet aujourd'hui d'expliquer le phénomène de la naissance, c'est-à-dire la venue au monde d'un être nouveau. Mais il reste encore un mystère qui demeure opaque, celui de l'essence profonde de la vie humaine, de toute forme de vie. Comment est-ce possible ? Telle est la question que nous nous posons souvent. C'est pourquoi les mythes de la création existent presque chez tous les peuples du monde. Tantôt c'est l'argument scientifique qui prévaut, tantôt l'argument religieux. Mais en fin de compte, nul ne sait véritablement qui donne la vie. Qui est Dieu ? Qu'est-ce que c'est véritablement que le Big-bang ? Le jardin d'Éden a-t-il véritablement existé ? Adam a-t-il été créé à base de l'argile ? Ève a-t-elle été créée à partir d'une côte d'Adam ?

Autant de questions auxquelles nul ne peut apporter une réponse véritablement convaincante, avec les preuves matérielles qu'il faut, authentiques et irréfutables. Personne. Puisqu'au moment où Dieu créait le monde, il n'y avait que Dieu, en tant qu'unique témoin. Mais Dieu reste un mystère. Nous tournons donc en rond, naviguant au milieu d'une houle de questions sans réponses. Mais pour pouvoir avancer, passer à autre chose, nous nous contentons d'une réponse approximative. Nous venons tous d'un ancêtre commun. Les religieux s'en contentent, les hommes de science, apparemment aussi. Mais de quel ancêtre parle-t-on ? Adam ou Toumaï ? L'autre en Afrique, mais l'un où ? La quête de la localisation géographique du fameux jardin se poursuit toujours, tout n'est donc que mystère et estimation.

L'Homme, dès sa naissance, est un être fragile ignorant de sa propre existence présente. Mais aussi de son existence antérieure. Vers la fin de sa vie, quand cela arrive, il est toujours un être fragile, parfois ignorant de son existence antérieure, mais aussi de son éventuelle existence future. Il est coincé entre deux vides, ne sachant ni qui et comment il était, ni qui et comment il sera. C'est autour de lui qu'il tente de trouver des éléments de réponse.

*

L'enfant regardait le ciel en marchant, comme s'il y avait vu quelque chose d'extraordinaire. Habituellement, c'est l'arc-en-ciel ou le passage d'un avion qui retiennent l'attention des enfants dans cette partie du monde. Quand l'enfant eut fait quelques pas en gardant toujours le regard vers le ciel sans qu'on ne sût véritablement ce qui y retenait son attention, il s'immobilisa à la hauteur de son père qui restait assis sur une chaise adossée à un tronc d'arbre et contempla encore un bref moment le ciel, ou ce qui semblait y retenir son attention, avant de baisser brusquement la tête. Son père le regardait. Il se demandait qu'est-ce qui pouvait bien attirer l'attention de son fils qui n'arrêtait pas de regarder vers le ciel depuis un bon bout de temps. Il y jetait de temps en temps un regard, et comme il ne voyait rien d'anormal, il se contentait de fixer son fils. Quand l'enfant eut fini de regarder, il baissa la tête et, en se tournant vers son père, il l'interrogea en ces termes : « Dis, papa, est-ce qu'il y a quelqu'un là-haut ? »

C'était donc cela, pensa le père en lui-même. Puis, il releva la tête et observa le ciel un moment. Aussi, répliqua-t-il ainsi à son fils : « Là-haut, fils, il y a un Être suprême qui est au-dessus de tous les autres êtres et qu'on appelle Dieu. C'est Lui qui a créé le ciel où Il vit, et la terre où nous vivons : humains, animaux, végétaux, minéraux. Tout. » Quand il eut dit cela, il prit l'enfant par le poignet, le rapprocha de lui et le jucha sur ses genoux. Ensuite, il lui passa la main droite sur la tête et se mit à lui caresser affectueusement les cheveux.

L'enfant, qui écoutait son père avec une extrême attention, releva une fois encore la tête et fixa longuement le ciel comme si c'était seulement en ce moment-là qu'il s'était rendu compte de sa présence au-dessus de sa tête. Alors il lui sembla qu'il venait de remarquer qu'il y avait un mélange de bleu et de blanc. Il remarqua aussi qu'il y avait là-haut des choses dont certaines bougeaient alors que d'autres paraissaient immobiles.

« Papa, reprit-il, c'est quoi ces choses là-haut dont certaines s'agitent alors que d'autres sont restées calmes ? Pourquoi certaines sont-elles bleues tandis que les autres sont blanches ? » Son père lui fit comprendre que ces choses qui étaient là-haut avaient un nom, qu'on les appelait les nuages, qu'ils n'étaient pas que de ces deux couleurs bleue et blanche, qu'ils pouvaient devenir gris ; et lorsqu'ils devenaient gris, le plus souvent il tombait des lames d'eau qu'on appelle la pluie, que cette pluie se précipitait dans les mares et les ruisseaux, arrosait les prairies où pacageaient les bêtes, de même que les champs des hommes qu'ils moissonnaient pour en survivre des produits amassés. Il lui expliqua aussi que, quelques rares fois, il tombait aussi des grêlons, des sortes de petits cailloux d'eau à l'état solide qui résonnaient effroyablement au contact des toits en tôles et qui faisaient très mal lorsqu'ils tombaient sur la tête des gens. Il fallait qu'il comprenne surtout, lui disait son père, que c'était grâce à ces nuages qui produisaient de la pluie, que la vie sur cette terre où nous vivions était possible. Il n'y avait donc point besoin d'entrer dans de longues et savantes explications de météorologue ou de climatologue ; décrire le cycle de l'eau de long en large. L'évaporation des étendues d'eau surfacique, l'évapotranspiration des espèces végétales, la condensation de la vapeur d'eau, et tous ces termes compliqués ; tout cela se résumait aux nuages qui deviennent furieux, gonflent, changent de couleur et vomissent leur rage sur la Terre.

Cependant, le père tenait à préciser à son fils que les nuages étaient aussi là pour rappeler aux hommes qu'ils étaient dans une sorte de rapport de dépendance vis-à-vis du ciel, que si les nuages refusaient de se fâcher et de laisser tomber la pluie, ce serait la catastrophe. Il lui expliqua de long en large que s'il n'y avait plus de pluie ce serait la sécheresse ; et s'il y a la sécheresse ce serait la famine, la soif, l'insolation, la maladie, la guerre. Il y aurait tout ça. Si tout cela arrivait et durait longtemps, les rivières s'assècheraient, les herbes et les arbres mourraient, les animaux mourraient, les hommes mourraient. Aucune forme de vie ne subsisterait sur terre. Donc, il fallait respecter les nuages parce qu'ils apportaient la pluie, mais aussi parce que, s'ils n'apportaient pas la pluie, ce serait la sécheresse ; et s'ils décidaient aussi d'apporter beaucoup plus de pluie qu'il n'en fallait, ce serait encore une autre catastrophe plus grave. Ce serait le déluge comme il y en a eu dans la Bible, ou les inondations qui sont les petites sœurs des déluges mais qui étaient aussi à craindre.

Quoique très satisfait par toutes ces choses intéressantes que son père lui avait apprises concernant les nuages, le fils semblait avoir encore d'autres préoccupations à faire satisfaire concernant Celui qui vivait là-haut ; Celui-là même dont son père disait qu'Il avait créé le ciel pour Lui et la terre pour nous autres. Il n'hésita donc pas à interroger son père et attendait de lui des réponses aussi satisfaisantes que celles qu'il lui avait fournies. L'enfant voulait surtout savoir si ce Dieu était seul là-haut, ou s'il y avait des hommes, des animaux, des végétaux, des minéraux et tout ce qu'il y avait sur terre de vivants mobiles, de vivants immobiles et de non-vivants.

Son père prit un instant de réflexion. Il regarda de nouveau le ciel. Il vit le soleil, ce vieux phare à l'œil torve, et les nuages qui avaient éveillé la curiosité de son fils. Il venait de s'apercevoir qu'il ne s'était jamais posé ces questions ; ni enfant, ni adolescent, encore moins à l'âge adulte. Il ne s'était jamais demandé ce qu'il y avait autour de Dieu là-haut. Ni pourquoi il n'y avait qu'une seule lune et qu'un seul soleil et que chacun a l'impression que c'est pour lui seul que ces astres brillent alors que non, ils brillent pour tous. Il réalisa qu'il ne s'était même jamais demandé pourquoi les nuages étaient de différentes couleurs, ni pourquoi certains paraissaient mobiles alors que d'autres ne semblaient pas bouger et qu'ils pouvaient se mélanger sans qu'il n'y ait aucun problème. Il s'était contenté, depuis le jour où il vint au monde jusqu'à cet instant-là, de vivre comme il lui était possible, au gré des jours qui se succédaient, et des circonstances auxquelles il faisait face tous les jours de sa vie.

Comment pouvait-il donc satisfaire la curiosité de son fils, alors que lui-même n'avait pas souvenance de s'être jamais préoccupé de cela ? Comment aurait-il pu y parvenir, alors qu'il n'avait jamais posé cette question à son propre père lorsqu'il avait l'âge de son gosse ?

Déjà, il n'était pas sûr que Dieu vivait là-haut comme il l'avait affirmé il y a un moment. Il avait donné cette réponse plus parce qu'il n'y voulait plus réfléchir, que parce qu'il en était convaincu. Maintenant qu'il fallait donner des détails plus précis, décrire l'environnement dans lequel se trouverait Celui qu'il avait dit qu'Il vivait là-haut, il était embarrassé de devoir mentir ou de ne pas pouvoir satisfaire la curiosité de son fils.

Il ne savait plus s'il fallait lui dire qu'il n'en savait rien, ou plutôt lui gaver le cerveau avec des paysages plus fantastiques que réels, inventés de toutes pièces par l'imagination fertile des hommes. Comment donc décrire un environnement auquel il n'est donné libre accès à aucun vivant ? Lui-même, maintenant qu'il lui était donné d'y penser, ne souhaitait-il pas en savoir davantage ? Mais à qui le demander alors que son père à lui gisait sous terre depuis plusieurs années déjà ? Ne l'eût-il était, aurait-il pu lui donner des réponses satisfaisantes, ce père qu'il avait perdu ?

Le père ne savait que répondre à son fils. Pendant tout le temps de cette réflexion, il gardait les yeux fixés vers le ciel. Il avait lui aussi l'impression qu'il venait de se rendre compte de la présence de cette voûte au-dessus de leurs têtes. Il avait dit à son fils qu'il y avait quelqu'un là-haut, mais que savait-il réellement de ce quelqu'un qui était là-haut ?

Son fils l'interpella de nouveau : « papa ». Il demeurait muet. « Papa », insista l'enfant en le tapotant légèrement sur l'épaule droite. « Oui, fiston, fit-il au bout d'un moment ». « Tu veux bien répondre à ma question ? ». « Bien sûr, fiston ». Mais sa voix tremblait, signe qu'il n'était pas sûr du propos qu'il s'apprêtait à tenir.

Quel propos tenir à son fils, maintenant qu'il venait de le rassurer d'une réponse de sa part ? Se demandait le père, en son intérieur. Pendant qu'il faisait cette introspection, il lui vint une pensée qui lui parut salutaire. Il décida, suivant cette pensée, de retourner la question à son fils et de s'y agripper par la suite.

« Et si je te laissais deviner toi-même ? Vois-tu, fiston, argumentait-il, tu pourrais me dire, toi, comment tu imagines cet endroit qui se trouve là-haut et où vit Celui qui nous a créés, toi et moi ? » A son grand étonnement, l'enfant fronça les sourcils, signe qu'il avait une préoccupation, si ce ne fût une objection. Il semblait ne plus rien comprendre et voulut en avoir l'esprit clair.

L'enfant avait donc cru comprendre que c'est Celui qui vivait là-haut qui avait créé le ciel et la terre. Mais dire que c'est Lui qui a créé son père et lui-même, il ne comprenait plus rien à cela. Alors il voulut comprendre. D'où sa question : « mais, papa, grand-mère et grand-père, n'est-ce pas eux qui t'ont créé ? Et en ce qui me concerne, n'est-ce pas maman et toi qui m'avez créé ? N'est-ce pas pour cela d'ailleurs que je vous appelle papa et maman ? »

Le père avait alors la certitude que ce jour n'allait pas être comme les autres. Entreprit-il néanmoins de répondre, l'air sûr de lui : « Bien sûr, fiston. Nous sommes tes parents. Comme tu le dis, c'est nous qui t'avons créé. Et moi, logiquement, ce sont mes parents qui m'ont créé, comme ta mère a été créée par ton grand-père et ta grand-mère. À ce niveau, tu as tout à fait raison. Mais j'aimerais te faire comprendre que... ».

Soudain, il se rendit compte qu'il allait peut-être dire une bêtise. Car il n'était pas lui-même sûr de la manière dont l'humanité avait été créée. Aussi, dût-il remuer sept fois sa langue dans sa bouche avant d'ajouter le moindre mot. Allait-il parler d'Adam et Ève, dire à son fils que Dieu créa d'abord Adam à partir de la terre avant de l'endormir pour extraire d'une de ses côtes le matériau qui servira par la suite à façonner Ève ? Allait-il lui parler de la fleur de lotus et des conditions hydrothermales qui ont favorisé le développement des organismes ayant conduit à la formation progressive de l'Homme tel que nous le connaissons aujourd'hui ? Allait-il lui exposer cette fameuse théorie de l'évolution humaine que lui-même ne maîtrisait, ni ne comprenait pas ? De quoi allait-il lui parler exactement ? Il préféra d'abord mûrir sa réflexion avant de poursuivre sa réponse. Mais l'enfant s'impatientait. Il voulait savoir : « papa », l'interpella-t-il en lui donnant une autre tape. Son père sursauta presque. Puis, il revint à lui.

« Oui, fiston ». « Tu as dit que tu aimerais me faire comprendre quelque chose ». « Bien sûr. J'aimerais te faire comprendre que le tout premier être humain dont nous sommes issus a été, lui, créé par Dieu. Puis, Il créa un autre être humain d'un autre sexe, comme ta mère. Ce sont les deux premiers du nom d'Adam pour l'homme et d'Ève pour la femme, qui ont donné naissance à nos tout premiers ancêtres comme moi et ta mère t'avons permis d'exister ».

« Et qui L'a créé, Lui ? Parce que, si Lui Il existe, c'est aussi parce que quelqu'un d'autre L'a créé, non ? Et ce quelqu'un qui l'a créé, c'est quelqu'un aussi qui l'a créé, n'est-ce pas ? … » Cette question désarma complètement le père qui ne savait absolument que répondre. Mais il bredouilla une réponse que lui-même n'était pas sûr de comprendre. « Il est le Tout-Puissant, le Créateur qui sait tout, qui voit tout, qui peut tout et contre lequel nul ne peut rien. Il est, tout simplement, parce qu'Il est. Il est Dieu. Et Dieu, c'est Lui qui crée, on ne peut le créer. Et pour qu'on sache qu'Il est, Il a fallu qu'Il crée. Il a toujours été, Il est et Il sera. »

Il avait dit ces choses, que l'enfant ne comprenait pas, que lui-même ne comprenait sûrement pas. Parce que la question de l'enfant demeurait : « qui a créé Celui qui a créé ? »

*

L'enfant planait dans un nuage d'incompréhension. Mais, étonnamment, il ne s'essoufflait pas. Aussi étonnamment aussi, son père s'obstinait à répondre à chacune de ses questions.

« Donc, reprit l'enfant, s'Il a toujours été, et que pour être Il a fallu qu'il crée, alors a-t-Il créé les hommes immédiatement, dès qu'il fut ? Mais quand fut-il, s'il a toujours été ? N'est-ce pas aussi dire qu'Il n'a jamais été ? »

Le père regardait son fils avec un air méfiant, un air mêlé à la fois de fascination et de suspicion. Il se demandait si cet enfant était vraiment le sien, s'il n'était pas sous le contrôle d'un génie qui s'amusait à le mitrailler de questions pour le confondre.

« Tu vois, fiston... » Et il ne savait plus que dire. Il se tut un moment, observa le ciel, et reprit : « tu vois, fiston, les hommes n'existent sur terre que depuis quelques milliers d'années seulement, même si la Terre existe depuis plus de quatre millions d'années. Et l'humain, tel que toi et moi, vit sur cette terre depuis beaucoup moins de temps encore. »

« Pourquoi Dieu a-t-il donc attendu aussi longtemps pour nous créer ? » À cette question, le père faillit répondre sèchement à son enfant qu'il n'en savait rien, qu'il fallait le Lui demander à ce Dieu. Il était presqu'irrité, mais il put garder son sang-froid. Même s'il s'avérait que ce gosse était sous le contrôle d'un génie, le père se promettait de tenir bon jusqu'au bout et de ne point se laisser confondre. Et le fils continuait, de plus en plus poussé par une curiosité extraordinaire : « Et s'Il a attendu aussi longtemps pour nous créer, poursuivait l'enfant, est-ce à dire qu'Il n'avait pas ressenti le besoin d'être dès qu'Il fut ? Puisque, pour être, il Lui a fallu créer. Or, s'Il a toujours été, et que pour être, il a fallu qu'Il crée, peut-on dire que le temps de l'existence correspond au temps co-existentiel à la création ? Autrement dit, est-ce qu'Il fut quand Il fit la créature qui lui fit prendre conscience de Son existence, ou du moins lui en donna un sens ? Et si tel est le cas, dira-t-on qu'Il a toujours été ? D'ailleurs, que signifie toujours être ? Toujours être quand ? Toujours être pour qui ? N'est-ce pas aussi ne jamais être, si celui pour qui l'on est ou l'on a toujours été ne l'a pas toujours été, ne l'est pas toujours ou ne le sera pas toujours ? ».

Le père était confus. Cet enfant avait-il lu *Les méditations* de Descartes que lui-même n'avait pas lu ? Ou était-ce un disciple de Pyrrhon ? Cependant, il s'empressa de dire : « Créer, oui, mais l'Homme n'est pas la première créature de Dieu. Il est d'ailleurs sa dernière créature, sa créature la plus complète ».

Et le fils de répliquer : « Comment les autres créatures pouvaient-elles donc faire réaliser à Dieu qu'Il était, puisqu'elles ne parlaient pas comme nous, n'étaient pas dotées de raison comme nous ? Comment savoir si nous sommes, si l'objet en face de nous ne peut établir que nous sommes et ainsi témoigner de notre existence en usant d'un raisonnement logique irréfutable ? » La question paraissait d'abord inextricable, mais le père vit très rapidement une brèche. Toutefois, une question se posait : est-ce qu'il devait lui tenir le discours des fabulistes, lui dire que les autres créatures parlaient et que c'est seulement après qu'elles perdirent l'usage du langage articulé ? N'était-ce pas là chose plus difficile à croire qu'un Adam créé à base de la terre ? Il résista à la tentation, formula un autre argument.

« En réalité, fiston, je pense que Dieu faisait au départ le travail d'un artiste. Il s'amusait à peindre des tableaux. Puis, il se rendit compte que, puisqu'Il était Dieu, Il pouvait tout faire et Il pouvait surtout mieux faire tout ce qu'Il avait déjà fait. Alors Il entreprit de créer l'Homme à son image. Il a donc choisi le monde comme toile de fond et a décidé d'y peindre des personnages animés qu'Il pouvait admirer en mouvement, en leur donnant des principes, des règles à respecter, de même que certaines libertés d'action. Une sorte d'autonomie. C'est pourquoi Il ne peint (créa) d'abord qu'Adam, puis Ève et les laissa se multiplier et remplir la terre, étant donné qu'Il les avait dotés de ce pouvoir ».

Jean-Paul Sartre et Simone de Beauvoir l'auraient reconnu existentialiste, et Gabriel Marcel l'aurait convaincu d'en être un chrétien plutôt qu'Athée.

« Donc, reprit le fils, si je comprends bien, nous qui sommes tous sur cette terre, nous venons des mêmes ancêtres qui sont ces Adam et Ève ? ça veut dire que nous sommes tous frères et sœurs ? » « Sans tirer de long en large, c'est cela, fiston ».

Le fils regarda de nouveau le ciel. Le père, de son côté, priait en silence pour qu'il n'y eût plus d'autres questions. Il sentait l'étau qui se resserrait autour de son cou. Hélas !

« D'accord, papa. Je comprends mieux maintenant. Mais papa… » L'air abattu, le père répondit dans un souffle : « fils ». Et l'enfant poursuivit : « Si nous sommes tous frères et sœurs comme tu le dis, pourquoi ne vivons-nous pas alors tous ensemble dans une grande maison où tout le monde mangerait avec tout le monde et où je pourrais jouer avec mes autres frères et sœurs comme je le fais avec ma sœur chez nous ? ».

Cette question l'embarrassait un peu. Mais il répondit. « Tu sais, fiston, la Terre, c'est cette grande maison où tous les frères vivent, mangent, jouent et dorment ensemble comme tu le souhaites. Comprends bien ce que je te dis. Cette grande maison dont tu parles, ce n'est pas qu'elle n'existe pas, elle existe bel et bien, et s'appelle la planète Terre. Il y a d'autres planètes qui existent. Mais comme nous sommes tous des frères, Dieu qui nous a créés a décidé de nous réunir tous ensemble dans la même maison qui est la Terre. Maintenant... Sur cette Terre, certains, devenus adultes, ont décidé de se retirer de la concession familiale pour construire leurs petites maisons ici ou là. Certains sont restés tout près, d'autres sont allés loin et même très loin. Ils ont alors fondé leurs propres familles et ont décidé de vivre leur vie comme ils l'entendaient. »

L'enfant fut triste. Le père qui lut cette tristesse dans ses yeux, tenta de le réconforter, assuré que tout allait s'arrêter là. Mais il en fallut de peu pour qu'il n'en fût rien. Car l'enfant bondit presque, comme si la question qu'il s'apprêtait à articuler allait lui échapper s'il ne la posait pas immédiatement. « Donc, papa, je peux prendre ma sœur et m'en aller avec elle pour fonder notre propre famille à nous aussi ? » Le père sourit, et répondit d'un ton enjoué : « Malheureusement non, mon fils. Tu ne peux pas le faire avec ta propre sœur que tu aimes beaucoup, puisqu'elle est ta sœur de sang. C'est donc l'amour du sang qui vous unit, et non celui des hormones. Ce serait de l'inceste si tu venais à fonder une famille avec elle, et l'inceste apporte le malheur ». Le père avait peut-être lu *Cent ans de solitude* du prix Nobel de littérature 1982, Garbriel Garcia Marquez, et craignait la naissance d'enfants avec une queue de cochon.

« Mais papa, repartait le fils, tout à l'heure tu as dit que nous étions tous des frères et des sœurs parce que nous avions les mêmes ancêtres. Si ce que tu as dit est vrai et ce que tu dis là est aussi vrai, alors est-ce à dire que maman et toi vous avez les mêmes ancêtres et que vous allez apporter le malheur comme l'apporteront tous ceux qui ont fondé leur famille dans la grande maison ? » Le père sourit de nouveau et répondit calmement : « tu sais, mon fils, beaucoup de choses ont changé depuis nos premiers ancêtres jusqu'au jour où nous sommes aujourd'hui. C'est donc un peu plus compliqué que tu ne peux l'imaginer. »

Ayant délesté les genoux de son père, le fils regarda de nouveau le ciel, puis il fixa ce dernier qui redoutait une autre question. Mais l'enfant lança plutôt, l'air déçu : « Alors là, papa, je ne comprends plus rien ». Et le père de répondre : « C'est peut-être mieux ainsi ».

Nous sommes tous des passants...

A

Frantz Fanon, pour Le Passant;

Edouard Glissant, pour le Tout-Monde;

Achille Mbembe, pour l'En-commun.

Il ne savait s'il avait été, s'il venait d'être ou s'il sera. Il ne savait s'il avait toujours été dans cette stature : les pieds fixés sur le sol, la tête posée sur les épaules et les bras étendus le long du corps.

Il ne savait s'il avait d'abord été couché ou assis ; s'il avait d'abord tenté de s'asseoir sur son séant avec difficulté, s'il avait rampé ou tenté de se dresser dans la position de bipédie sans y parvenir tout de suite. Il ne le savait pas.

Il ne savait s'il était sorti de terre ou s'il était tombé du ciel. Il avait une tête, un tronc, et quatre membres dont deux supérieurs et deux inférieurs. Il avait deux yeux, un nez et deux narines, deux oreilles, une bouche, cinq doigts et cinq orteils.

Il ne le savait pas, mais il avait un phallus, une bourse et deux noisettes qui s'y étaient réfugiées. Au milieu de ses deux fesses, tout au fond, se trouvait, sans qu'il le sût, un orifice semblable à l'entrée d'une grotte, au rectum de Satan.

Il s'aperçut néanmoins qu'il avait un canotier sur la tête, un collier au cou, un bracelet autour du poignet gauche, le torse recouvert, les jambes incrustées au milieu d'une étoffe taillée et cousue à leur mesure, les pieds embastillés dans des objets en cuir. Il s'était découvert dans cet accoutrement hétéroclite, chacune de ces parures ayant une particularité par rapport aux autres. Quand il voulut retirer le canotier pour mieux l'apprécier, l'objet se dissimula en s'incorporant dans sa tête avec laquelle il ne faisait plus qu'un. Il essaya de retirer le collier et le bracelet, mais ne réussit point. Il ne sut, évidemment, comment expliquer cela.

Il se palpa étrangement le visage, comme s'il avait été à quelqu'un d'autre. Il parcourut la joue, le menton, frôla le nez, passa la paume de la main sur le front. Et il demeurait là, semblant ignorer sa propre présence en ce lieu dont aucun élément ne s'était encore révélé à lui.

Et ce fut par les yeux que tout commença. Car il venait d'apercevoir un oiseau qu'il ne pouvait nommer et qui avait pris son envol depuis la cime d'un arbre dont un côté était blanc et l'autre noir, avec, au milieu, des feuilles qui semblaient n'avoir pas été sciemment peintes. C'est de là que l'oiseau s'était envolé, s'élevant davantage vers le ciel où, à la grande surprise de l'inconnu, le soleil venait d'apparaître, faisant progressivement disparaître l'oiseau sous l'intensité de sa lumière qui le frappa fortement.

Il baissa mécaniquement la tête qu'il gardait relevée pendant tout ce temps, et s'était aperçu que tout autour de lui avait subi une incroyable métamorphose. D'ailleurs, rien n'avait changé, car c'est seulement à cet instant-là qu'il s'était aperçu qu'il y avait quelque chose autour de lui.

Lorsqu'il baissa la tête, il ressentit une sensation de chaleur qui lui parut anormale et en même temps éveilla sa curiosité. Il releva de nouveau la tête, rencontra le regard brûlant du soleil qui le dissuada aussitôt. Il réalisa alors, et alors seulement, que le soleil diffusait de la lumière en même temps qu'il dégageait une certaine énergie. Ce qui, sembla-t-il comprendre, produisait cette chaleur qu'il ressentait. Il comprit aussi que c'est grâce à cette lumière produite par ce monocle isolé au-dessus de sa tête qu'il pouvait voir tout ce qui se trouvait autour de lui. Il lui sembla que le soleil ne s'intéressait qu'à lui, qu'il n'était là que pour lui.

C'est alors qu'il se rendit compte de la polychromie de la nature. Tout autour une végétation luxuriante tapissait le sol. La couleur verte dominait son regard, quoiqu'il ne sût si c'était la saison sèche ou la saison des pluies. D'ailleurs, il ne savait s'il y avait une saison, s'il y en avait deux, ou même quatre. Cette végétation s'étendait de part et d'autre d'une voie rectiligne dont il venait à peine de se rendre compte.

Il réalisa qu'il se tenait au-dessus d'une matière fluide de couleur bleue. Mais il ne comprenait pas comment il lui était possible de s'y tenir sans y être immergé ou en être emporté. Pourtant, cette matière était en constant mouvement dans la direction que semblait indiquer le soleil qui s'était à présent positionné exactement derrière sa nuque comme s'il prévoyait de le pousser en avant.

Alors qu'il s'attendait à entendre le bruit de cette matière en mouvement, le sens de l'ouïe lui fut révélé par les pas lents d'un caméléon qui s'était immobilisé en croisant le regard de cet être qui avait un comportement étrange.

L'inconnu réalisa que, quoiqu'il ne fût pas dans la ligne de mire de l'animal, ce dernier, lent dans son mouvement horizontal, maintenait la tête dans la même direction et roulait simplement des yeux lorsqu'il voulait voir quelque chose.

L'inconnu en fut détourné du regard par un bruit dont il ne savait d'où il venait. Il lui sembla que quelque chose l'effleurât, mais il ne sut quoi. C'est alors que, regardant du côté où la chose s'était orientée, il vit des feuilles remuer d'une touffe à l'autre sans qu'il ne pût rien voir qui les agitât ainsi. C'est alors qu'il se rendit compte que, très faiblement, la même chose pénétrait dans, et ressortait de ses narines. Il plaça alors la paume de sa main gauche vis-à-vis de ses narines, inspira, puis, expira.

A ce moment précis, il entendit un léger bruit qui attira son attention et orienta son regard du même côté où était le caméléon. Il surprit l'animal, une longue langue déployée, camouflée au milieu d'une touffe d'herbes curieusement jaunies dont il avait épousé la couleur.

L'inconnu crut que c'était un autre animal de la même espèce, il ne se douta pas que ce pût être le même animal duquel il avait beaucoup à apprendre.

Soudain, le fluide sur lequel il était étonnamment immobilisé se mit à s'écouler à une telle vitesse qu'il eut l'impression de se mouvoir quand bien même il n'en fut rien. Dans le même temps, le soleil se mit à émettre des rayons intermittents comme pour l'inciter à suivre le mouvement de l'eau, puisqu'il s'agissait bien de cela. Ayant compris ce signal, l'inconnu fut étonné de se voir placer un pied avant l'autre et de quitter le point depuis lequel il apprenait à se découvrir en même temps qu'il découvrait tout ce qui était extérieur à lui. Il ne savait pas qu'il marchait. Et quand il se mit à marcher, l'eau ralentit et s'écoulait désormais à une vitesse qu'on dirait normale.

*

Après un temps de mobilité qu'on ne sait ni court, ni moyen, ni long ; un temps qui ne lui sembla pas exister, l'inconnu arriva en un endroit où il fut surpris de voir de nombreux autres individus de son espèce. Soudain, l'eau stagna et il s'ouvrit un chemin qui menait tout droit à cet endroit. Le soleil se repositionna en suivant cette direction. L'inconnu comprit qu'il devait emprunter ce chemin.

Il emprunta le chemin qui venait de s'ouvrir à lui et arriva à un endroit où il vit de nombreux individus agités. Il venait de réaliser que les pieds pouvaient faire autre chose que marcher, que les mains pouvaient servir à autre chose, que la bouche pouvait produire des sons de tous genres, etc.

Il remarqua aussi que ces individus portaient tous des canotiers faits avec les mêmes matériaux que le sien, identiques au sien quant à la manière dont ils étaient confectionnés. Il fut étonné, en s'approchant d'eux, qu'ils ne remarquèrent même pas sa présence qu'il croyait être de trop, personne ne s'enfuit, ni ne s'arrêta pour assouvir sa curiosité face à l'objet qu'il se croyait être.

Il entendit des chants, des cris de joie ; il vit des gens danser avec frénésie, il entendit des éclats de rire, des compliments que les uns faisaient aux autres de leur virtuosité dans l'un ou l'autre art ; il surprit des conversations romantiques, des histoires qui se racontaient sur des exploits guerriers, de chasse, de séduction. Il ne vit là que de la joie, du bonheur. Il vit les cases en terre battue et au toit de chaume dont il fut ébahi par la beauté architecturale. Il contempla les femmes sculptées avec un savoir-faire hors du commun, les enfants juchés sur leur couronne d'innocence, de naïveté et de sincère fraternité.

On l'entourait, l'accolait, l'embrassait sans raison comme s'il était là depuis toujours. On le gratifiait d'un sourire, l'invitait à faire ci ou ça. Il ne savait par quel tour de magie il s'y mêlait avec un naturel déconcertant. Il se surprit en train de se noyer dans les yeux étincelants d'une fille à la beauté féérique, beauté à laquelle il succomba sans résistance. Il fut subjugué par ses parures, ses tresses magnifiques, ses cheveux soyeux où scintillaient des cauris d'une blancheur étonnante, le tintement des perles autour de ses hanches, son poignet, sa cheville. Il se surprit conversant avec elle, lui faire des compliments sincères, l'invitant sur la piste des danses. Il se surprit à entendre des cris de ravissement et des applaudissements. Il fut ébloui par l'éclat de son sourire, transporté par sa douceur et envoûté par sa voix si suave.

Il ne sut à quel moment il s'en sépara, se retrouva dans un cercle d'hommes, se surprit en train de deviser avec eux. Il avait la parole, parlait abondamment et avait un auditoire étonnamment attentif. On approuvait des mains, d'une interjection, d'un hochement de tête. Il tenait une calebasse en main qu'il ne sût comment ni pourquoi il porta à la bouche. Il vida d'un cul sec le breuvage qu'elle contenait. Il entendit des applaudissements, il ne sut pourquoi et ne voulut savoir.

Puis, il n'entendit plus rien. Le soleil avait disparu, tout le monde s'était dispersé. Il était seul. Non, il n'était pas seul. Il entendit des ronflements. Puis, plus rien. Il était seul. Soudain, il fut frappé par une lumière aveuglante qui emplissait tout l'espace dans lequel il se trouvait. Il se couvrit le visage. Une voix se fit entendre. Il voulut voir de quel côté elle provenait en plaçant la main en visière, mais l'intensité de la lumière le dissuada, et surtout, cette voix semblait venir de toutes parts. Il se couvrit le visage de nouveau. Que disait la voix ? Dans quelle langue ? Avec quel accent ? Il n'en sut rien. Mais il entendit une voix. Une voix d'homme ? Une voix de femme ? Une voix d'enfant ? Une voix d'ange ? Une voix de monstre ? Il ne sut rien, ne voulut rien savoir non plus. Puis, il n'entendit plus rien. Mais qu'avait dit la voix ? Il n'en sut rien.

Cependant, un mot lui revenait toujours en boucle : Passant. Qu'est-ce que cela voulait dire ? Passant ? Est-ce une chose ? Est-ce une personne ? Passant ? Qu'est-ce que cela signifiait ? Il n'en sut rien, ne voulut rien savoir.

Il se souvint alors que tous ceux qui étaient autour de lui avaient un nom. Un s'appelait tel, l'autre s'appelait tel. Et la demoiselle, comment s'appelait-elle encore ? Il n'en eut aucun souvenir. Mais pourquoi le nom s'en était-il allé alors que la personne était demeurée ? Et le visage, il est encore là. Serait-ce pour un temps ? Serait-ce pour toujours ? Peu lui importait. Le nom était parti, la personne était restée. Si le visage s'en allait, serait-ce aussi grave ?

*

Le lendemain... Mais qu'est-ce que c'était que ce lendemain ? Parce qu'il n'avait pas souvenir d'un aujourd'hui, que serait pour lui un lendemain ? Un lendemain de quoi ? A-t-il eu un hier pour qu'il y eut un lendemain ? Aura-t-il un demain, s'il y eut un aujourd'hui ? Qui est-ce qui le lui garantissait ? Non, il n'y avait pas de lendemain. Juste un instant. Il y en eut plusieurs, des instants. L'instant qui est, l'instant qui vient qui est, l'instant qui sera qui est. Il le savait, qu'il n'y avait qu'un instant. Et cet instant, c'était cet instant.

Mais lequel ? Il n'était sûr que d'un instant, l'instant dont il parlait, l'instant duquel il parlait. Cet instant seul pouvait exister. Mais lorsqu'il disait cet instant, de quel instant parlait-il ? L'instant de son énonciation ? Du début de l'énonciation ? Du cours de l'énonciation ? De la fin de l'énonciation ? L'instant du début, est-ce celui de l'énonciation ? Et l'instant du cours, exclut-il le début ? Et l'instant de la fin, concerne-t-il l'énonciation?

Ne parlons donc pas de lendemain. Il n'en savait rien, ne le lui prêtons pas sans qu'il l'eût demandé.

Disons simplement quand il se fut réveillé... Mais dormait-il ? Qui est-ce qui pouvait lui en donner la certitude ? N'avait-il pas cessé d'exister ? Ce silence, ces ronflements, cette voix dont il ne retint que le mot "Passant"... Etait-ce des intermèdes du sommeil ? Ou était-ce des parties intégrantes du sommeil ? Ou, n'eut-il jamais fermé l'œil ?

Ne parlons donc pas de sommeil. Ne parlons surtout pas de lendemain. Parlons d'état. Oui, cet état qui succéda à celui de l'ambiance festive à laquelle il fut surpris de prendre part, laquelle succédait à son état de quête de sens. Disons-le ainsi : la quête de sens. Qui était-il ? Comment était-il arrivé là ? Qu'était-ce que ceci ? Qu'était-ce que cela ? Etc.

*

Il était de nouveau debout. Le soleil, de nouveau, se plaçait derrière sa nuque mais semblait moins vigoureux que lorsqu'il était dans son état précédent.

Un rideau de nuage lui barrait la vue. Il ne pouvait donc voir qu'une pointe de celui-ci, toute frêle.

Autour de lui, tout était blanc. L'eau, cette fois-ci, était visiblement solide. Elle ne coulait pas. Elle coulissait. Un autre chemin venait de s'ouvrir devant lui. Le soleil l'y poussait et l'eau, devenue glace sous ses pieds, s'était mise à coulisser rapidement. Il comprit qu'il fallait se lancer dans cette direction.

Il essaya de se rappeler. Tout était dans sa mémoire. Étonnamment, il lui sembla que tout avait commencé à cet endroit où il vit des hommes, des femmes et des enfants dans un état de joie et de bonheur qu'il ne pouvait comparer à nul autre, n'ayant vu qu'eux, et rien d'autre.

Il essaya de remonter ses souvenirs plus loin dans le temps, mais en vain. D'ailleurs, le temps, il ne savait toujours pas ce que c'était. Il se souvenait de l'autre endroit comme s'il y était encore. Une fois qu'il se départait de ses souvenirs, il lui semblait qu'il ne s'était rien passé, qu'il était là où il était et que c'est seulement en cet instant qu'il était.

Il se mit alors à se mouvoir. A quelques pas, qu'il ne pouvait mathématiser, il vit d'autres individus entrer et ressortir d'une très grande grotte. Il se rendit alors compte qu'ils portaient la même étoffe qui lui recouvrait le torse et qui tempérait une sensation de froid dont il n'avait eu conscience avant cet instant.

Il venait de s'apercevoir aussi que le canotier qui était sur sa tête s'était incorporé à lui, et derrière sa tête pendait une capuche rattachée à son manteau, puisqu'il s'agissait bien d'un manteau. Il ne s'en était pas aperçu avant cet instant. Imitant ces individus qui entraient et sortaient de la grotte, il entreprit de passer la capuche sur sa tête, remplaçant ainsi le canotier.

Il pénétra alors dans la grotte où il vit des petits groupes d'individus qui entretenaient chacun un tas de feu. Comme dans l'autre endroit, personne ne sembla remarquer sa présence qu'il croyait toujours être de trop, objet de curiosité comme l'aurait été un Persan à Paris dans un accoutrement persan.

Là aussi, il était surpris de comprendre la langue dans laquelle ces individus communiquaient. Était-ce là cette *hospitalité de la traduction* dont parle sans cesse Souleymane Bachir Diagne ? Mais à la différence des autres, il remarqua que le rire et le sourire n'illuminaient pas leurs visages, qu'ils ne chantaient pas, ne dansaient pas non plus. Il remarqua qu'ils n'étaient pas attroupés tous ensemble autour d'un grand feu commun. Pourtant, là où remontaient ses souvenirs et dont il n'était plus sûr qu'il avait véritablement été, il y avait un grand cercle autour duquel les individus circulaient et à l'intérieur duquel des spécimens exposaient leur savoir-faire.

Ne comprenant spontanément rien à cela, il prit un temps de réflexion sans savoir qu'il réfléchissait. Puis, sans en être sûr, il se dit qu'il y aurait peut-être dans la lumière et l'énergie du soleil quelque chose qui incite à se sentir heureux, à distiller un sourire dont l'éclat est rehaussé par sa lumière pendant que la chaleur réchauffe les cœurs qui agissent comme des aimants qui attirent à eux les éléments environnants. Peut-être, se disait-il en silence.

Il remarqua aussi que l'impuissante présence du soleil provoquait une sensation de froid qui poussait ces individus à s'en protéger en recourant à ce manteau qu'il portait, à l'isolement dans cette grande grotte et à la recherche d'une énergie artificielle produite par le feu qu'il leur fallut faire preuve de beaucoup d'imagination pour l'attiser et l'entretenir longuement.

Il crut comprendre pourquoi ils parlaient peu, préférant toujours effectuer une tâche ou une autre dont chacune devait contribuer à résoudre chacun de leurs problèmes qu'il jugea innombrables. Il n'y avait pas qu'eux qui devaient se protéger de ce monstre visible qu'était le froid. Oui, il était visible ce monstre, à travers la neige dont les flocons tapissaient le sol et recouvraient les objets qui s'y trouvaient. C'est pourquoi, se résolut-il à conclure, il leur fallait travailler mille fois plus et faire preuve de mille fois plus d'imagination et d'ingéniosité pour espérer dégager la même énergie de joie et de bonheur que ces autres individus que ses souvenirs avaient la sollicitude de conserver au fond d'eux.

Il ressentit bouillir en eux un profond sentiment qu'il ne put dire qu'il fût d'envie ou de jalousie. Un sentiment qu'il ne savait contre qui ils portaient. Ayant été contraints par l'extrême froid à exploiter au maximum leurs facultés cérébrales, ils s'imaginaient faire d'innombrables réalisations s'ils avaient été à la place de ces individus qu'il leur semblât qu'ils avaient injustement reçu des ressources qui devaient normalement leur revenir légitimement à eux et à eux seuls.

L'individu, qui désormais se voulait nommer Le Passant, avait réalisé qu'il y avait chez les uns quelque chose qui manquait aux autres pour leur plein épanouissement. Puis, son regard se porta sur ses chaussures. Et ce fut à cet instant qu'il se rendit compte qu'ils étaient les mêmes à l'endroit par lequel il était passé et celui où il était à présent. Il observa le bracelet et en tira la même conclusion. Mais le collier et le pantalon, puisqu'il s'agissait bien de cela, il n'en retrouvait les marques ni ici, ni là où il était. Alors il comprit qu'il allait passer d'ici pour un ailleurs qu'il ne sait s'il sera un autre ou le seul qu'il aura connu.

Il avait de plus en plus froid. Le froid pénétrait jusque sous ses ongles et il en était devenu frileux, grelottait comme une feuille morte dans un tourbillon. Pourtant, il n'avait jamais vu de feuille morte, ni de tourbillon.

Il alla s'asseoir autour d'un feu avec un petit groupe de sept qui semblait s'étendre sur trois générations. Mais il ne fut pas surpris qu'on ne semblât pas remarquer sa présence quand il s'assit. Mais lorsqu'il adressa les salutations dans la langue qu'il n'était pas moins étonné de savoir parler, il se butta à un mutisme qu'il ne sut expliquer.

Chacun d'entre eux s'affairait à effectuer une tâche dont il ne savait trop à quoi elle devait servir. Seule une toute petite fille pareille à un petit cœur lui tendit la main. Il en fut très ému et fut surpris de voir un liquide couler de ses yeux et rouler le long de ses deux joues. Personne ne sembla y prêter attention. Tous avaient les yeux rivés sur leurs tâches, le visage grave, peint d'une tristesse qui n'était en réalité qu'un vernis sur une âme encore plus sombre.

La solitude et le silence semblaient leur convenir le mieux. Ils ne prêtaient guère attention à ce que faisaient les autres autour d'eux, n'ayant d'intérêt que pour les seuls individus de leur groupe et les seules tâches qu'ils effectuaient. On pouvait deviner aisément que la grotte et le climat ambiant eurent une influence terrible sur ces individus.

*

Le Passant avait une fois encore l'impression de ne pas exister. Tout autour de lui, et même en lui, lui sembla s'être évaporé. Il n'avait pas conscience de sa propre existence, comme s'il était rentré dans son état initial, mais à un stade encore plus reculé où tout était à apparaître, y compris lui. Il ne s'embarrassa pas de savoir s'il y aurait une création derrière cette apparition.

Comme s'il avait été immobilisé par une force incontrôlable, il lui sembla qu'il avait légèrement remué les orteils, les doigts et les sourcils. Il lui sembla que c'était une chose extraordinaire, un exploit. Il n'y comprit rien. Puis, il ressentit le poids d'un être qui s'était penché sur lui sans qu'il ne pût le nommer, ni le rattacher à quelque espèce que ce fût.

Par un geste brusque dont il n'eut plus aucune connaissance, il se retrouvait de nouveau dans la même situation qu'à l'état initial. Seulement, cette autre fois, il y avait de l'eau sous ses pieds. Mais cette eau se présentait cette fois-ci à l'état liquide, d'un côté, et à l'état solide, de l'autre. Le soleil, toujours derrière sa nuque, était partagé entre un côté masqué par des nuages blanchâtres et un autre côté qui dardait des rayons intenses. Il ne put trouver une explication à cela. Du moins, pas immédiatement. Puis, l'eau sous ses pieds se mit à couler et à coulisser dans la même direction. C'est alors qu'il se mit en mouvement.

Il gardait les souvenirs des deux endroits par lesquels il avait l'impression d'être passé. Le souvenir de son état initial s'était complètement évanoui. Il ne s'y attarda plus.

Sans savoir comment, il se retrouva dans un autre endroit. À cet endroit, il fut terrifié de voir ce qu'il lui était possible de voir. Il retrouvait là les individus des deux endroits par lesquels il était passé et d'autres individus qu'il découvrait. Soudain, les deux parties du soleil fusionnèrent. L'eau à l'état solide qui ne formait qu'un bloc unique se désagrégea sans se liquéfier et se mêla à l'eau à l'état liquide qui n'avait subi aucune transformation. Lorsque les deux s'entremêlèrent, une vapeur épaisse, blanchâtre, se forma au-dessus de ce mélange et l'obstrua complètement.

Le Passant se mouvait au-dessus de cette vapeur comme s'il était sur un espace tellurique. Cela ne l'intrigua pas beaucoup après tout ce qu'il avait vu. Mais devant lui, se passait une chose à laquelle son attention ne se détachait guère.

Il y avait en effet là, l'individu du premier endroit, celui du second, et celui du troisième. Il remarqua que ce dernier portait un pantalon identique au sien. Mais la chose curieuse qui retint son attention était cette chose indicible qui mettait en relation les trois individus. Il ne voyait pas l'un indépendamment de l'autre comme ce fut le cas entre le premier et le second individu, mais il fut étonné de voir qu'il ne pouvait apercevoir l'un sans voir les autres. Chacun d'eux était en l'autre et les visages des autres se superposaient sur celui de l'un sans se confondre.

Il ne comprenait rien à cela. Il avait pu comprendre que le premier avait quelque chose que recherchait le second et inversement. Cette sorte de concaténation lui semblait indispensable, car complémentaire. Mais ce qu'il voyait là, il n'arrivait pas à se l'expliquer.

Pour la première fois, il fut traversé par des sentiments qui ne lui semblaient pas contrôlables et contre lesquels il se surprenait en train de lutter.

Il s'était en effet produit un changement de statut qui, au lieu de placer ces individus les uns face aux autres, les uns à côté des autres, les plaçait étonnamment et selon une loi dont son esprit n'était pas prêt à s'accommoder ; les plaçait donc les uns au-dessus des autres. Il eut un violent sentiment de révolte, une amertume insupportable.

Il voyait là, sans avoir le courage de s'en approcher, comme si quelque chose l'eut immobilisé ; il voyait là une scène tout simplement horrible, révoltante, humainement inexplicable.

Le Passant semblait ne plus rien reconnaître à ces individus. S'il avait eu souvenir de son état initial, il aurait repensé au caméléon. Face à lui, troublant ses yeux ahuris, il voyait l'individu joyeux, gai, heureux, le visage cette fois-ci terne, sombre, perdu dans le vide, la langue pleine d'amertume, l'esprit plein de regrets, le cœur émietté. L'individu de la grotte, solitaire, silencieux, triste, avait quant à lui un large sourire lumineux, quoique curieusement terne, le visage étincelant d'une noire gaieté. Le troisième, qu'il ne voulut plus connaître que sous cet aspect qu'il lui présentait, avait l'air grave, sérieux, le visage indescriptible. Il ne pouvait savoir s'il était heureux ou malheureux, triste ou content.

Il ne voulait plus rien voir, mais il ne put s'en empêcher. L'individu de l'endroit ensoleillé était torse nu. Il avait le dos et tout le corps profondément zébré. Il portait des chaînes autour du cou, avait les mains liées et les pieds entravés comme s'il était une vulgaire chose sans grande valeur et insensible à la douleur. Il vit alors un fouet que tenait l'individu de la grotte et d'où suintait du sang. Il entendit alors que d'autres avaient tenté de se sauver et furent froidement abattus, d'autres encore s'étaient jetés par-dessus bord, d'autres avaient succombé dans les cales à cause des conditions de captivité inhumaines où ils étaient retenus. L'individu de la grotte expliquait au troisième que d'autres n'étaient pas en grande forme en raison des abominables sévices corporels, des flagellations qu'ils leur avaient fait subir. Qu'ils avaient le corps tout estafiladé et certains avaient des côtes cassées, des dents en moins, le nez pété, des yeux pochés, des mâchoires explosées. Mais il ne disait pas cela ainsi, il disait plutôt « petites actions civilisatrices », « petites corrections de rien du tout », « nécessités disciplinaires ».

Le troisième individu semblait plus pragmatique et moins bavard que le deuxième. Ils discutèrent du prix de vente de la « marchandise », du « bien », de « l'objet servile ». Pendant tout ce temps, l'individu de l'endroit ensoleillé gardait la tête baissée du côté opposé au mien, comme s'il refusait de rencontrer mon regard ou que je rencontrasse le sien. De temps en temps, l'individu du troisième endroit lui relevait la tête et l'examinait.

*

Le Passant en avait assez de tout cela. Il n'en pouvait plus, n'avait ni le cœur, ni les yeux assez forts pour y résister. Il le sut très vite : l'individu de la grotte avait capturé l'individu de l'endroit ensoleillé, parfois avec la complicité de ses frères, pour le vendre à l'individu du troisième endroit qui fera de lui ce qu'il voudra. Il y avait là la marchandise, l'acheteur et le vendeur.

Le Passant se rapprocha plus près de ces trois individus. Il ne prêta pas attention lorsqu'il réalisa que l'individu de la grotte et le troisième individu n'étaient qu'une seule et même personne, l'une en face de l'autre, avec la même physionomie, hormis une petite différence de carnation. Pour lui, cela n'avait aucune importance. Tout ce qui comptait c'était de se plonger dans le regard de l'individu de l'endroit ensoleillé qui s'évertuait à éviter cette rencontre. Quand enfin il finit par lui redresser la tête, il fut horrifié de voir non pas un visage fait comme les autres, mais une sorte de miroir qui lui renvoyait son visage à lui qu'il voyait pour la première fois, semblable à ceux des deux autres, quoiqu'elle fût NOIRE.

Pris de terreur, il se lança dans une course folle, sans savoir où il allait, pourvu qu'il fût loin de cet endroit. Les autres parures s'étant incorporées en lui, il ne lui restait plus que le collier autour du cou. En voyant le collier pendre autour de son cou, il s'imagina une horreur encore plus atroce, et son nom lui revint en souvenir : Le Passant. Et il fut encore plus horrifié à l'idée de savoir qu'il devra encore se retrouver dans un autre endroit où le sens du collier lui sera révélé. Il s'imaginait une scène plus horrible encore.

*

Fanon venait d'ouvrir les yeux après plusieurs jours de coma. Pendant sur sa tête, et s'éclairant progressivement, le collier du médecin chinois balançait devant sa face. Il rapprocha fébrilement la main et parvint à le saisir. Il réalisa que c'était le même collier que Le Passant avait au cou et qui restait la seule parure qui ne s'était pas incorporée en lui.

Car nous mourrons tous.

À Alain Mabanckou, qui m'a fait découvrir la littérature autrement.

Lorsque la nouvelle retentit comme un coup de couperet sur le cou d'un condamné à mort digne des romans hugoliens, ce fut un concert de sanglots. Son épouse, ses enfants, sa mère, ses amis et connaissances en furent profondément consternés.

Ce jour-là, les larmes perlèrent dans les yeux et roulèrent le long des joues qu'elles encrassèrent ; des cris s'aiguillonnèrent et s'élevèrent ; des lamentations fusèrent de toutes parts. Pour les membres de sa famille, le monde s'effondrait à la Chinua Achebe. On ne put consoler sa femme, ses enfants, ses frères et sœurs, sa mère ; tout ce beau monde si durement éploré. Son père l'avait précédé dans l'au-delà plusieurs années auparavant. Sa mère fut épargnée durant toutes ces années. Et son fils venait lui aussi de la précéder. Elle en eut le cœur charcuté et l'esprit tourbillonné. La vie, pour elle, venait de se vider de toute sa substance, de toute sa saveur, de tout son suc. Cette fameuse Vie n'avait plus aucun sens pour elle.

La peine que ressentait la mère du défunt était en effet inénarrable. À l'amour qu'une mère porte naturellement à son fils, s'était en outre greffé, pour parler comme Karl Marx, celui que le monde capitaliste place ou retire dans le « cœur d'un monde sans cœur ». Ce fils était le seul de la fratrie à avoir réussi à amasser une fortune considérable. Personne ne pouvait nier qu'il était immensément riche. On ne sut jamais pourquoi la richesse ne souriait point à ses frères et sœurs. Les gens s'interrogeaient, conjecturaient, supputaient, le calomniaient. Pour certains, cela paraissait évident. C'est celui-là même qui avait privé ceux-ci de leurs étoiles de prospérité. Pour eux, cela ne faisait aucun doute, il était l'aimant qui attirait à lui toute la chance, le potentiel, la richesse des autres. Pour d'autres, la chose était simple à expliquer : aucun des frères du trépassé n'avait l'esprit aussi vif que le sien, tous se contentant de recevoir de sa main plutôt que d'en produire eux-mêmes. Ceci, au mépris du proverbe bantou qui dit : « la main qui donne, la main qui dirige ».

*

La dépouille du défunt allait reposer au cimetière. Une foule nombreuse s'était rassemblée le jour de l'inhumation. On y vit de toutes les classes sociales. Comme dirait Karl Marx, il semblait que toutes les super-structures sociales s'étaient donné rendez-vous à cet endroit où demeuraient pour toute l'éternité les carcans immobiles de tous les hommes qui eurent une vie terrienne plus ou moins aisée. Eh oui ! Son corps allait reposer dans le cimetière des riches. Qui avait dit que la discrimination, la division et la taxinomie sociale ne pouvaient s'appliquer qu'aux vivants ... Le cadavre du pauvre et celui du riche n'avaient pas la même valeur. Ce n'étaient pas tous des cadavres ; c'étaient un cadavre de riche et un cadavre de pauvre. D'ailleurs, on ne pouvait pas être autre chose que riche ou pauvre.

Les classes moyennes n'existent qu'en théorie, comme le purgatoire n'existerait que pour apaiser les cœurs et les esprits chagrinés par la description apocalyptique de l'effroyable géhenne et qui aspireraient à une seconde chance de retourner au mythique jardin d'Éden. Quand on est de l'anesthésiante classe moyenne, soit on est accepté par les riches, soit on est rejeté par eux. Dans le premier cas, on est riche ; dans le second, on est pauvre. Mais quoique pauvre pour les riches, on pouvait être riche pour les pauvres durant notre séjour terrien. Au bout d'un temps de ballottement entre l'une et l'autre des deux seules classes qui puissent exister, seul notre cadavre peut véritablement savoir à laquelle nous appartenons véritablement. S'il est enterré dans le cimetière des pauvres, nous comprenons là que nous étions pauvres. Si, par contre, il est enterré dans le cimetière des riches, alors nous comprenons que nous avons été acceptés par ces derniers comme membres à part entière de leur classe sociale.

D'ailleurs, il n'y avait pas trois cimetières. Il n'y en avait que deux. La plupart de ceux que les pauvres croyaient être riches reposaient dans le cimetière des pauvres. Et c'est seulement à ce moment-là qu'ils réalisaient qu'ils s'étaient trompés de jugement vis-à-vis de ces derniers. Et qui a dit que les cadavres, que les morts pouvaient échapper à la colère des vivants désillusionnés ou de leurs prédécesseurs surpris de les voir s'allonger près d'eux ? Lorsque le cadavre d'un pauvre bluffeur que les pauvres confirmés croyaient être riche se retrouvait au milieu de ces derniers dont la condition sociale n'avait jamais leurré personne, les choses devenaient très compliquées pour lui. Ainsi, dès qu'il se pointe au cimetière des pauvres, certains cadavres le regardent avec mépris pendant que d'autres le mitraillent d'un regard qui n'en dit que long sur la haine qu'ils lui vouent. Il passe alors pour un imposteur. Et les imposteurs comme Tartuffe sont plus vicieux que ceux qui ne cachent pas leur haine et leur mépris des autres humains qui ne sont pas de leur condition sociale.

Le cadavre pauvre assimilé à un riche de son vivant s'étend dans de longues explications philosophiques, oubliant qu'on ne peut ni tromper, ni embrouiller un cadavre. Après sa vaine tentative pour convaincre les autres cadavres du cimetière des pauvres qui ne s'attendaient pas à le voir, ceux-ci se mettent à leur tour à lui sortir des preuves irréfutables. Ils lui parlent alors de son attitude à ne pas vouloir se mêler d'affaires qui concernent les pauvres, à toujours vouloir s'acoquiner avec les riches, à interdire à ses enfants de jouer avec les leurs, à séparer les riches et les pauvres, même les patriarches qu'il n'hésitait pas à faire lever d'un siège sur lequel ils étaient assis pour les inviter à s'asseoir sur une natte pendant que des petits bourgeois morveux montaient s'asseoir à leurs places, au-dessus de leurs têtes. Puis il arguait que c'était bien pour les jambes de ces patriarches qui devaient déjà être très affaiblies par l'âge. N'importe quoi ! On lui disait cela, que c'était n'importe quoi ce qu'il faisait. Il avait la chance que les bagarres et les justices populaires n'étaient pas autorisées à cet endroit où ils étaient. Et le pauvre-riche soufflait de soulagement, son cœur se refroidissait.

*

Tout le monde savait qu'on ne pouvait se reposer qu'au cimetière de Job ou à celui de Crésus. Il n'y en avait pas un troisième. C'est au cimetière qu'on pouvait être sûr de la véritable classe sociale à laquelle appartenaient véritablement ceux qui se réclamaient bec et ongles de la classe moyenne. Ils le revendiquaient sans cesse, même s'ils savaient qu'ils allaient reposer dans le cimetière des pauvres ou dans celui des riches. Inévitablement. Ils jouaient un double jeu, passaient pour des pauvres quand cela les arrangeait, devenaient riches quand il y avait des privilèges.

Quand la nouvelle de sa mort tomba, tout le monde savait dans quel cimetière on allait l'inhumer. Et il fut enterré dans le cimetière des richesses comme tout le monde s'y attendait. Ce fut le grand Curé en personne qui vint dire la messe pour l'accompagner dans sa dernière demeure. Le grand Curé qui ne se déplaçait que rarement pour n'enterrer que ceux dont il jugeait la vie chrétienne assez à son goût. Ce Curé dont on disait qu'il n'aurait jamais accepté accompagner le Père Pierre Teilhard de Chardin et lui alléger la terre de leur Seigneur à coups d'eau bénite. Même si personne ne connaissait ce P. Teilhard de Chardin, on le disait quand même parce qu'on l'avait entendu. Mais le Curé s'était déplacé pour enterrer le trépassé. Il avait d'ailleurs tenu à faire lui-même l'oraison funèbre du riche défunt. Il parla de lui comme d'un modèle de la foi chrétienne, une ouaille assez rare en ces temps où tout tournait à l'envers, où l'apocalypse était plus que jamais proche. Il disait qu'il fallait s'y préparer, il fallait surtout prendre en exemple la vie de celui qu'il destinait à la droite du Père, juste à côté du Fils. Il s'était acquitté, ajoutait le curé, de tous ses devoirs envers l'institution religieuse, en était bien au-delà, donnait à lui seul ce que toutes les autres ouailles réunies ne pouvaient donner, avait financé la construction de nombreuses infrastructures, fait des dons énormes. Lui-même n'avait-il pas très souvent été comblé par sa générosité!

Même si le riche-défunt-modèle-de-foi-chrétienne ne mettait plus les pieds à l'église depuis plus d'une dizaine d'années déjà, précisait le Curé, on pouvait facilement le comprendre pour un homme avec un agenda aussi surchargé que le sien. Il avait dit tout ça. Il exprima en détails sa peine, décrivit le ciel qui était en train de s'assombrir au-dessus de leurs têtes à tous avec la perte de cet homme auquel le Dieu Tout-Puissant n'aurait de réticence à ouvrir ses portes. Il l'avait dit, le Curé. Et tout le monde l'écoutait religieusement. N'était-ce d'ailleurs pas normal, compte tenu de son statut ?

*

La foule fut encore plus nombreuse le jour de ses funérailles. On avait oublié le malheur. Les festivités helléniques n'avaient rien à faire envier à cette cérémonie. Pendant tout une semaine. Chaque jour, on abattait trois bœufs. Chaque jour de la semaine funéraire, trois bœufs étaient abattus. Le dernier, il en eut dix qui furent abattus. C'est le défunt lui-même en personne qui l'avait exigé de son vivant.

Les gens venaient de partout, de très loin pour certains. Il n'était pas important de connaître le défunt pour prendre part aux festivités. Il y en avait pour tout le monde. Les funéristes étaient au rendez-vous qu'ils ne pouvaient manquer pour aucune raison, comme Fama, ce prince de la lignée Doumbouya déchu *sous le soleil des indépendances*. Comment auraient-ils pu, alors même que la participation aux funérailles était leur spécialité, leur profession libérale ?

D'ailleurs, le défunt avait prévu pour eux des plats spéciaux. Il l'avait dit, que les funéristes devaient être mis à part, qu'ils devaient manger et boire à leur faim et à leur soif. Ils lui rendirent un vibrant hommage. Ce fut principalement à travers leur accoutrement. S'ils étaient par exemple au Congo, ils auraient été confondus aux adeptes de la *S.A.P.E*, la Société des Ambianceurs et des Personnes Élégantes dont le grand écrivain Franco-Congolais Alain Mabanckou est le membre d'honneur le plus stylisé. Ils portaient des habits aux couleurs vives. Ils étaient habillés en chemise rouge, pantalon vert, chaussure bleue. Ils portaient tous des casquettes jaunes et des lunettes noires aux contours jaunes. On pouvait les distinguer à bonne distance comme des clignotants. Ils étaient tous enfilés, marchaient à pas cadencés. Ils avaient le dandysme dans le sang. Avant de s'asseoir, même si quelqu'un venait d'essuyer le siège sous leurs yeux, ils prenaient un mouchoir et se mettaient à astiquer l'endroit où ils allaient poser les fesses, nettoyaient leurs chaussures et leurs lunettes avec élégance. Le tout, de manière synchronique.

Ils étaient connus de tous ; hommes, femmes, enfants. Ils ne pouvaient jamais passer inaperçus, marchaient toujours en meute, portaient toujours des habits aux couleurs vives. Quand ils arrivaient, comme si on les voyait pour la première fois, tout le monde se retournait. Des applaudissements fusaient. On ne se lassait jamais de les voir. On les admirait. Des funérailles sans funéristes, disait-on, c'est une cruche d'abeilles sans miel. Ils étaient devenus indispensables pour rehausser l'éclat des funérailles.

Comme il était aisé de l'imaginer, les funérailles du modèle de foi du curé connurent un succès éclatant. Une première sur terre, disait-on carrément. On ne pouvait en connaitre mieux. On aurait cru à un nouveau jardin édénique. Les gens burent, mangèrent, dansèrent, chantèrent. On emporta boisson et toutes sortes de pitance à la maison. Pendant plus d'un mois, on en but et en mangea. On parla toujours. Chaque jour depuis ces jours, au moins une personne en parlait.

*

Or, personne ne le savait, trois jours exactement après la mise sous terre du défunt, son âme endormie dans son corps en était sortie. D'abord, l'âme du défunt s'était placée au-dessus de sa sépulture, rouge de colère. Le défunt, son âme, remettait en cause les dimensions de la sépulture. Lui qui avait l'habitude de voyager en première classe quand il n'utilisait pas son jet privé, se mit-il à pester ; lui qui restait toujours seul dans sa grosse limousine noire, vitres évidemment fumées, pourquoi n'a-t-on pas acheté un lopin de terrain même de cinq mètres carrés pour lui tout seul ? Ne savait-on pas qu'il en avait les moyens ? À part l'exiguïté de son tombeau, ce fut son voisinage qui l'enflamma encore plus. D'abord, il avait du mal à bien respirer dans ce petit espace. Et même que le cercueil... Bon, il allait revenir sur le cercueil. Une chose à la fois.

Il y avait d'abord ça. Puis, il ne savait même pas à côté de qui on l'avait enterré. Est-ce que son voisin avait au moins la moitié de sa fortune ? Est-ce qu'ils ont vérifié tout ça avant de l'enterrer ? C'est vrai qu'il n'avait pas eu le temps de donner toutes ces instructions, mais quand même... Est-ce qu'ils ont vérifié la santé mentale de son voisin ? S'il avait au moins la moitié de sa fortune, il fallait quand même qu'il eût une bonne santé mentale pour ne pas troubler son sommeil. Il y a des problèmes contre lesquels la richesse ne peut rien. Lui, dans son tombeau, il ne voulait pas être dérangé. Il était important pour lui de récupérer tous les temps de sommeil qu'il avait perdus. C'était d'ailleurs impératif.

Il n'avait pas remarqué cela. C'était d'ailleurs quel type de carreaux qu'ils avaient choisi là ? Est-ce que c'étaient au moins les plus chers de toute la région ? Est-ce qu'ils ne pouvaient pas acheter des carreaux en or ou en diamant ? Qui leur avait même dit qu'il fallait cette couleur-là ? Il voulait des explications. Des carreaux blancs, lui qui aimait tant les couleurs vives ? Ces gens n'étaient pas sérieux. C'est même d'ailleurs quelle architecture que ce qu'il voyait là ? Est-ce qu'on ne pouvait pas chercher les meilleurs architectes qui devaient d'abord en discuter pendant au moins un mois avant de décider de la meilleure architecture qui pût être ? Est-ce qu'ils ne pouvaient pas faire cela ? Ils n'avaient aucune présence d'esprit. Tous des sots, des idiots. Ah ! Il comprenait mieux pourquoi aucun d'eux ne put réunir ne fût-ce que le dixième de sa fortune.

Le costume... Quelle déception ! Un costume blanc ? Où est-ce qu'ils le voyaient arborer un costume blanc, lui qui avait tant de goût ? Est-ce qu'ils ne le voyaient pas sortir, même si la plupart du temps on ne voyait que son ombre derrière des vitres fumées ? Il suffisait de prendre une de ses photos sur les couvertures des journaux pour le savoir. Une seule photo aurait suffi. Est-ce qu'ils ne pouvaient pas faire cela, prendre une seule photo et regarder la couleur et la coupe de sa veste ? Où, se demandait-il encore, est-ce qu'on l'avait déjà vu arborer une veste blanche ? Est-ce qu'ils ne savaient pas qu'avec un costume blanc on pouvait facilement le confondre avec un serveur de restaurant ? Avaient-ils d'ailleurs oublié qu'il n'allait plus jamais ôter cette veste ? La couleur au moins il pouvait s'y faire. Mais la coupe, la coupe... Cela, il ne pouvait pas s'en accommoder. Jamais. Il ne sera plus jamais à l'aise. Est-ce qu'ils ne pouvaient pas solliciter les services d'un grand styliste camerounais ou congolais ? Est-ce qu'ils ne pouvaient pas lire *Le monde est mon langage* pour connaître le nom de quelque grand styliste ? Est-ce qu'ils ne le pouvaient pas ? Ses voisins de cimetière allaient clairement se moquer de lui. S'en était fait de lui. Tout ça, pour ça, comme dirait quelqu'un. Il était foutu.

Ah ! Catastrophe ! Désastre du millénaire ! Cataclysme dévastateur ! Il était fait, foutu. Il aurait mieux fait de ne pas se regarder. Quoi ! Où sont-ils bien allés ramasser ces chaussures ? Il était un malheureux, un malchanceux de la pire espèce. Si les funéristes étaient là quand on l'habillait, ils lui auraient évité cette horreur. Mais comment auraient-ils pu être là, eux qui étaient de l'autre classe sociale ? Que n'a-t-il demandé d'être habillé par eux ? Pourquoi ? Comment a-t-il pu passer à côté d'une consigne aussi importante : laisser les funéristes s'occuper de mon accoutrement pour mon repos éternel. Il n'aurait pas été déçu. Pas le moins du monde. Ils avaient du goût pour l'habillement, ces funéristes.

*

Pendant que le défunt se lamentait, fulminait, arriva Le Gardien du cimetière. Il s'occupait d'autres âmes qui s'étaient réveillées avant lui. Le défunt s'énerva contre Le Gardien. Est-ce que ces autres âmes dont il s'occupait étaient plus importantes que lui ? Est-ce que, quand il sentit que lui, s'était réveillé, ne pouvait-il pas venir d'abord l'accueillir, s'en occuper avant de repartir en faire autant des autres ? S'il avait été là dès son réveil, il lui aurait évité de constater cette injure dont il était l'objet de la part de ceux qui étaient restés de l'autre côté du portail.

Calmement, Le Gardien lui fit comprendre que les choses ici ne marchaient pas comme sur terre. Il s'occupe du cimetière depuis des millénaires, il en a connu des comme lui. Et il leur disait toujours la même chose qu'à lui en ce moment.

« Ici, lui dit-il, les injustices, les inégalités, la corruption, les faveurs, et tout le reste que vous ne connaissez que trop bien n'existe pas. Je suis le gardien de ce que vous appelez le cimetière des pauvres et celui de ce que vous appelez le cimetière des riches. Je suis aussi le gardien des cimetières que votre orgueil d'humains n'a pas nommé. Je suis le gardien des cimetières marins, des cimetières communs, des cimetières qui n'existent pas. Je suis le gardien de tous ces lieux de repos des corps. Je m'occupe de chacun selon l'ordre d'arrivée. Peu importe le cimetière où il est enterré, où son âme s'est endormie dans son corps en attendant le moment de son réveil. Je vous somme donc, courtoisement, de suivre les instructions que je m'en vais vous donner. Vous venez de passer la première étape, celle du réveil de l'âme. Maintenant, je vous invite à passer à la troisième étape, la deuxième étant celle de la rencontre entre vous et moi. Je suis, comme vous l'aurez compris, le gardien des cimetières. La troisième étape consiste en un dîner avec La Mort. Elle offre toujours un dîner à ceux qui viennent en ces lieux et dont l'âme se réveille au troisième jour après la mise sous terre. Pour les autres, qui ne seront jamais mis sous terre, il s'agit du troisième jour après l'inertie de l'âme, le sommeil de l'âme dans le corps que vous appelez la mort. La Mort offre donc un dîner au cours duquel elle met de la lumière à toutes ces confusions. Je suis chargé de vous conduire jusqu'à elle. Et ma mission s'arrête là. Ai-je été assez clair ? »

L'âme du défunt fut téléportée par Le Gardien jusqu'au lieu du dîner où, croyait le défunt, La Mort devait l'attendre. Là, dans le vide d'un espace tout blanc, une table flottait. Quand son regard se porta dessus, la table s'immobilisa et trois chaises dont une en bois, une en argent et une en or, apparurent. Les chaises en or et en argent étaient placées l'une face à l'autre, d'un bout à l'autre des largeurs de la table rectangulaire faite d'une matière qu'il était difficile de nommer. La chaise en bois s'opposait aux deux autres. L'âme du défunt était invitée à s'asseoir sur la chaise en or. Ce qui n'était pas sans raviver sa fierté. Soudain, on vit approcher une autre âme parée de haillons comme des personnages des romans de Victor Hugo, une âme sèche, celle d'un homme qui vécut toute sa vie dans la pauvreté. Cette âme était invitée à s'asseoir sur la chaise en argent. Les deux âmes semblaient invisibles l'une à l'autre. Chacune croyait la chaise en face encore inoccupée. Les deux patientaient.

L'âme du pauvre avait animé un corps qui connut toutes sortes de souffrances dues à sa condition sociale. On aurait dit que sa mère l'avait accouché à califourchon sur une tombe, qu'un aigle l'avait sauvé de justesse au moment où il y tombait. Il en connut de toutes les couleurs : faim, maladies, analphabétisme, humiliation, injustice, exclusion, etc. Il ne sut jamais ce qu'était le confort.

On vit ensuite passer une sorte d'onde, une sorte d'éclair qui transperça le cœur de l'une et de l'autre des deux âmes qui restèrent liées. Lorsque les deux cœurs furent connectés, une vive lumière jaillit. Les deux âmes devinrent visibles l'une à l'autre. Pendant que les deux âmes, synchronisées par l'onde, dissipaient leur frayeur, une voix qui était celle de l'une et de l'autre, émettait des sons sur la troisième chaise. En effet, le choc que reçurent les deux âmes provenait du fait qu'elles s'étaient aperçues de leur morphologie identique. C'était la même âme, l'une en face de l'autre ; l'une ayant animé la vie d'un riche, l'autre ayant animé la vie d'un pauvre. L'éclair permettait à l'une de parcourir la vie terrestre de l'autre en se l'appropriant. L'âme du riche portait les souvenirs de la vie du pauvre et l'âme du pauvre portait les souvenirs de la vie du riche. Ce transfert de souvenirs devait permettre à l'un de savoir ce qu'a été l'autre, et ainsi, écarter toute possibilité de dissimulation, de mensonge.

La voix qui émanait de la troisième chaise, celle de La Mort, prenait le timbre de l'une ou de l'autre des deux âmes qui s'étaient immobilisées. Un plat vide et une coupe vide venaient d'être posés sur la table. Le plat était tantôt en bois pour l'un, tantôt en argent pour l'autre, tantôt en or pour le dernier. Il en fut de même pour la coupe. Les trois eurent chacun un objet en or, en argent et en bois.

La Mort connaissait toutes les questions qui taraudaient chacune des deux âmes. Elle se contenta d'y répondre.

« Je suis La Mort, entama-t-elle, celle que tous les êtres vivants croient connaître et qu'aucun ne connaît véritablement. Je ne suis pas celle qui assomme l'âme. Je suis celle qui la rappelle, la convie à un dîner. Ce que vous appelez mort, c'est le sommeil de l'âme dans le corps, c'est son inertie. Moi, je suis le réveil de l'âme dans le corps et la rencontre des âmes hors des corps. Plus exactement, je ne suis pas, je jaillis. Je jaillis de la rencontre des âmes éveillées hors des corps. Je suis autre que ce qu'on croit que je suis. Je ne suis pas celle qui assomme les âmes, je suis celle qui jaillit de leur rencontre hors des corps lors d'un dîner.

« Chaque être possède son double et son contraire. Pour que l'être soit complet, le double et le contraire doivent se synchroniser et ne former qu'un. Il n'y a pas d'être sur terre. Il n'y a que des parts d'êtres incomplets. Si la synchronie réussit sur terre, se produit ce que vous appelez la paix, le bonheur, le bien-être, le progrès, etc. Tout ce que vous connaissez et que vous rattachez au positif, à la blancheur, à la divinité. Chaque élément contraire qui se produit est un symptôme, le symptôme d'un manque de synchronie ou d'une synchronisation non réussie ou mal réussie. Hélas ! Le plus souvent, cette synchronisation n'est jamais amorcée. Pour vous inciter à lancer un processus de synchronisation, des stratégies sont expérimentées : maladies, guerres, catastrophes naturelles et l'inertie de l'âme que vous appelez la mort. Mais je vous le dis, moi, La Mort, je vis en vous, dans une part de chacun. Toi, le riche ; toi le pauvre. Je suis invisible, dites-vous ? Oui, parce que je me révèle à l'âme. Et à l'âme, je me révèle par derrière. Je demeure donc invisible au corps et à l'âme. Il faut une parfaite synchronie du double et du contraire pour me voir. Car je jaillis de cette synchronie. »

Quand elle eut fini, l'onde qui synchronisait les deux âmes s'était intensifiée. Puis, La Mort ajouta : « La synchronie sur terre est inévitable. Elle doit avoir lieu, peu importe le temps que cela prendra. Maintenant, vous retournerez sur terre, chacun prendra la place de l'autre. » Quand ces paroles furent prononcées, l'onde pivota, l'âme du pauvre prit la place du riche et l'âme du riche prit la place du pauvre. Une lumière aveuglante illumina le lieu du dîner et tout fut comme dynamité.

Sur terre, dans les mêmes familles, deux naissances furent annoncées. L'âme du pauvre animait un corps d'enfant dans la famille du riche et l'âme du riche animait un corps d'enfant dans la famille du pauvre.

L'alternative

A Béral le Tchadien et Borges l'Argentin: deux aveugles clairvoyants.

Je ne sais si je l'ai rêvé. Mais je suis plus enclin à le croire qu'à en croire le contraire. D'ailleurs, qui peut dire si ce n'est pas en l'écrivant que je rêve et que le souvenir qui m'en revient est plutôt la réalité ? Du moins, la réalité qui est la mienne. Ou celle de mon illusion. Une chose est certaine, toutefois, le récit que j'en fais, autant que le souvenir m'en revient, est exact à quelques commentaires près.

*

Je venais de m'asseoir. Derrière moi, deux hommes étaient assis. L'un plus vieux que l'autre. Celui à ma gauche, tel que je leur faisais dos, paraissait d'environ une vingtaine d'années plus âgé que l'autre, situé à ma droite. Il ne m'était point possible de voir les deux hommes en même temps. Je ne sus jamais expliquer cela, même s'il m'avait été possible de les ouïr lorsqu'ils parlaient concomitamment.

Aussi, je ne sais si ma vue me jouait des mauvais tours, mais lorsque, ayant vu l'un, je me tournais pour voir l'autre, il me semblait que les paysages différaient du côté de l'un et de celui de l'autre. On aurait dit, en y réfléchissant rétrospectivement, que nous étions, chacun, dans un environnement différent de celui de l'autre. Une chose me paraissait davantage curieuse ; c'est que, malgré cela, je ne semblais ni étonné, ni inquiété. Comme si c'était une chose ordinaire.

Au bout d'un certain temps, il me sembla que les deux hommes n'avaient point conscience de ma présence derrière leurs dos. Quelque bruit que j'eus fait, ils paraissaient sourds, n'en étaient point affectés. Je me demandais alors s'ils étaient sourds sans être muets. Du moins, si pareille chose était possible.

Je ne savais surtout pas ce que je faisais là. Ni si ç'avait été ma première fois d'y être. Cependant, des lambeaux de souvenirs me revenaient à l'esprit. J'avais l'impression que cette scène avait déjà eu lieu et qu'elle se répétait en boucle. Ma capacité à anticiper certains gestes, certaines paroles, confortait davantage cette impression. Un tour circulaire autour de moi me laissait voir un paysage vert. Un espace public où étaient plantées des fleurs et aménagés des bancs publics s'offrait à ma vue. Des arbres produisaient un frais ombrage.

Je me demandais pourquoi les deux hommes m'avaient tourné le dos. Puis, je me souvins que je les avais trouvés là et que c'est moi qui leur avais tourné le dos. Alors que quelques vagues réflexions m'occupaient l'esprit, des voix, qui étaient celles des deux hommes, me parvenaient par intermittence. Puis, une discussion plus continue s'était engagée entre eux. L'un des deux, le plus vieux, disait des choses auxquelles je peinais à trouver du sens. Il me sembla même qu'il délirait. Cependant l'autre avait l'air de bien le comprendre. Je comprenais, sans savoir comment, la langue dans laquelle ils conversaient. Je remarquai, pendant que je tournais la tête pour voir l'un après avoir vu l'autre selon que l'un ou l'autre prenait la parole ; je remarquai qu'il y avait une sorte de vitre mouvante et transparente qui nous séparait l'un de l'autre, tous les trois.

Et le plus vieux des deux continuait de parler. L'autre écoutait avec une grande attention. Celui qui parlait tenait quelque chose en main. Je ne sus pas immédiatement ce que c'était. Aussi, avais-je tenté de le découvrir. Mais il me sembla qu'il le sut et aussitôt il le dissimula. Le seul moyen pour moi de voir cette chose était de me lever et d'aller me placer devant les deux hommes. Mais pourquoi aurais-je fait cela ? Simple curiosité ? Je renonçai aussitôt. Aussi, m'aurait-il été possible d'arriver jusqu'à eux, déjà qu'il m'était impossible de les voir tous les deux en même temps ? Surtout que les paysages n'étaient pas les mêmes. Tout poussait à croire qu'ils étaient peut-être à des milliers, voire des millions de kilomètres de moi, et, peut-être aussi, l'un de l'autre. Quoiqu'il me semblât qu'ils étaient assis sur le même banc, malgré la différence paysagère que je ne parvenais à expliquer.

*

Je réajustai ma position et dressai mes oreilles. Le plus vieux disait à l'autre qu'il était avec lui-même hier. Cela n'avait aucun sens. Pour moi. Comment pouvait-il dire qu'il était avec lui-même ? Est-ce qu'il avait au moins toute sa tête ? Il racontait…

Il était allongé sur un banc public. Il s'y reposait. Puis, quelqu'un vint s'asseoir à côté de lui, du côté vers lequel il avait replié ses pieds. Il fut gêné par cette présence, mais ne voulut pas être discourtois. Et puis, qu'aurait-il bien fait puisqu'il était dans un espace public, sur un banc public ? Il se redressa et se mit sur son séant. Ce qu'il vit en face de lui le fit sursauter. En fait, ils sursautèrent en même temps, comme s'ils étaient synchronisés. En face de lui, ainsi qu'il l'avait dit sans que je ne pusse comprendre tout de suite, il y avait un autre lui. En réalité, il avait en face de lui, un autre lui, quand il était jeune. Cela me paraissait, comme j'imagine qu'il vous paraît, plus fantastique que réel. Peut-être, me demandais-je, sans s'en rendre compte, s'était-il endormi. Et, comme Alice voyant le lapin blanc passer à côté d'elle et l'entrainer du monde réel à l'univers onirique qu'avait inventé Lewis Caroll, était-il en train de rêver. S'il s'était allongé là, cela devait sûrement être pour cause de lassitude.

Pendant que je pensais cela, l'autre lui émettait l'hypothèse. Peut-être, lui disait-il, s'était-il endormi sans s'en rendre compte. Et, puisque le rêve le ramenait au même endroit où il était dans la vie réelle, avait-il cru que l'irréel était réel. La lassitude aidant, la frontière, assez mince dans son cas, entre le rêve où l'avait entrainé le sommeil et la réalité de son état d'éveil avant le sommeil ; cette frontière avait pu être complètement effacée.

Non, répliqua-t-il, il était en état d'éveil et tout s'est réellement passé comme il le racontait. L'autre en face de lui était lui, et, tout comme lui, avait été surpris de le découvrir en face de lui à un âge très avancé. Lui, se découvrait à 18 ans. Avec des cheveux gris sur toute la tête, il se réjouissait de se redécouvrir aussi jeune. Mais lui, jeune, était horrifié de se découvrir tel qu'il était à cet âge où il était. Revenu de sa surprise, il entama une conversation avec lui pour dissiper le malaise qui s'était installé entre lui et lui. Pour se rassurer que c'était réellement lui en face de lui, il voulut savoir d'où l'autre lui était originaire. Il indiqua deux villes. L'autre lui affirma qu'il venait de la deuxième ville dont il ne précisa pas le nom. Puis, pour convaincre l'autre lui qu'il était lui, il lui donna une grande masse d'informations concernant sa vie privée à cet âge-là. L'autre lui confirma toutes ces informations, mais demeura sur une posture cartésienne. Certes, lui avait-il dit, tout ce qu'il disait était vrai, mais rien ne prouvait que le vieil homme était lui, de nombreuses années plus tard. Alors, poursuivait le vieillard, il dit à l'autre lui plus jeune qu'il y avait un moyen de savoir si ce qui se passait-là était vrai ou si l'un d'eux rêvait de l'autre. Il lui proposa de lui donner une pièce de monnaie qu'il échangea contre un billet de banque datant de l'époque où il était et donc, du futur de l'autre lui. Le jeune en fut émerveillé mais finit par émietter le billet tout en reprenant sa pièce de monnaie.

Avant de se séparer, ils s'étaient promis de se revoir le lendemain, c'est-à-dire aujourd'hui au moment où il était avec l'autre homme qui n'était pas lui et à qui il faisait ce récit difficile à avaler. Celui-ci lui demanda s'il était allé honorer le rendez-vous. Il répondit que non et lui fit savoir qu'il devait se retrouver ici, avec lui, sur ce banc. Quand l'autre voulut savoir s'il avait la conscience tranquille en sachant qu'il avait posé un lapin à l'autre lui, il lui répondit que cet autre ne viendrait pas, qu'il aurait lui aussi autre chose de plus important à faire. Il ajouta qu'il avait mis ceci par écrit sous le titre *L'Autre*, et qu'il mettrait cela dans un livre qu'il appellerait *Le livre de sable*.

- *Le livre de sable* ! s'exclama l'autre.
- Oui, *le livre de sable*.
- Comment c'est, un livre de sable ?
- Comme un livre de sable.
- Mais comment reconnait-on un livre de sable ?
- Il est comme du sable.
- Autrement dit ?
- Numéroté par hasard. Vous ne l'ouvrirez jamais à la même page. Chaque page est une nouvelle page. Chaque page que vous tournez disparaît et cède la place à une autre page, ainsi de suite jusqu'à l'infini. Donc, si vous tournez une page du livre de sable, vous ne la retrouverez plus juste en le feuilletant en sens inverse. Aucune page ne vient ni avant, ni après l'autre. Chaque page est presque vide et se remplit aléatoirement quand vous la tournez.

- C'est possible qu'un livre comme ça puisse exister ?
- Bien sûr ! Dans *La bibliothèque de Babel*.

- Babel comme la tour de Babel ?

- En quelque sorte. La bibliothèque de Babel est une sorte d'aboutissement de la tour de Babel. Elle rappelle sans cesse aux hommes le péché qu'est leur orgueil.

- Et cette bibliothèque, comment est-elle ?

- C'est une bibliothèque infinie qui contient un nombre infini de livres. À l'intérieur de cette bibliothèque, les hommes s'activent pour retrouver, chacun, le livre de sa destinée.

- Le livre de sa destinée ?

- Oui, le livre de sa destinée. Car dans cette bibliothèque se trouve le livre dans lequel est indiquée la destinée de chaque être humain. Cela, de telle sorte que, celui qui retrouve le livre de sa destinée peut en prendre le contrôle et changer le cours de sa vie de façon à la rendre aussi meilleure qu'il le souhaite.

- Et comment peut-on retrouver le livre de sa destinée dans un labyrinthe de livres au nombre infini ?

- En réalité, on ne le peut pas. Ou, plus exactement, ce n'est pas l'humain qui trouve son livre, mais le livre qui trouve l'humain dont il conserve la clef de la destinée. Mais celui qui ne cherche pas son livre, le livre ne le cherche pas. On ne cherche pas le livre pour le trouver, mais pour qu'il nous trouve. Cependant, au lieu de chercher leur livre, la plupart des hommes passent leur temps à regarder les autres chercher leur livre au lieu de chercher le leur. Du coup, le livre ne sait s'il doit trouver celui dont il renferme la destinée ou celui qui est regardé par celui-ci. Et comme il ne peut trouver que celui dont il renferme la destinée et que, en regardant l'autre chercher son livre, le livre a l'impression qu'on ne le cherche pas et cesse de chercher à son tour.

Je ne comprenais presque rien à ce qu'ils disaient. J'avais toutefois compris que le plus vieux était un écrivain. Sûrement un de ces écrivains qui font de l'écriture quelque chose de plus qu'elle ne semble être. Comme je ne tarderai pas à le comprendre, l'autre à côté de lui était lui aussi un écrivain.

- Toi, poursuivit-il, tu t'occupes de choses auxquelles mon imagination ne peut s'aventurer. Nous n'en sommes pas encore arrivés à ce stade chez nous. Lorsque la misère, la mal gouvernance et la guerre vous obligent à toujours garder un œil ouvert de jour comme de nuit, vous n'écrivez qu'avec de l'encre rouge de flamme et de sang.

- C'est bien triste de l'entendre. Mais chez nous, vous devez le savoir, ce n'est pas comme dans le jardin édénique non plus. Et c'est d'ailleurs pour sortir de toute cette tristesse que je me barricade derrière le fantastique.

- Peut-être. Mais tu le sais, peut-être mieux que moi, pour avoir vécu plus longtemps et pour la large culture qu'on te reconnaît aisément, que le gémissement des victimes et le sifflement des balles ;

l'éclat des bombes, et le cri des sirènes, tout cela empêche de tremper la plume dans de l'encre noire ou rose. Le rouge demeure la couleur par défaut et le noir lui est souhaitable.

- Comment en sommes-nous arrivés là à ton avis ?

- Peut-être ne serait-ce qu'un avis, le mien. Nous, humains, oublions très souvent que nous ne sommes que des passants. Je me réjouis parfois de la monochromie dans laquelle je me trouve depuis ma prime enfance pour une maladie mal soignée.

- Peut-être. Depuis que j'en fais l'expérience, je me demande aussi si l'ouïe n'aurait pas aussi dû en être affectée. Mais, au moins, on se parle.

- C'est la haine, c'est la guerre. L'envie, la jalousie, l'orgueil. Et aussi, la sottise et la fatuité. Vois-tu, on donne la mort comme si de rien n'était. On ôte la vie, comme si elle ne valait rien. On veut tout avoir pour soi. On ne veut rien laisser à l'autre. Le peu qu'il a, on veut le lui arracher. Personne ne veut se noyer seul et ceux qui apprennent à nager se fichent complètement des autres qui se noient. Comme si cela ne suffisait pas, on fait subir à l'autre une telle souffrance que même les minéraux ne peuvent endurer. On torture, on brûle, on réduit en miettes, on égorge, on mitraille, on écorche vif, on enterre vivant, on mutile, on saccage. On est friand de sang. La mort nous enivre. On veut le monde pour soi et les siens. Et les autres, on leur promet de vivre un enfer. Parfois, on trouve la mort douce, et on préfère s'y prendre lentement. On préfère prendre tout son temps. On rigole. Le malheur des autres se lie à notre bonheur, il l'augmente. Et on provoque la guerre, on crée des maladies, des épidémies qu'on fait répandre. C'est ce que moi j'écris. J'écris dans la pénombre de ma mélancolie. Je fais l'*éloge des lumières obscures*. Je ferme les yeux en espérant qu'ils s'ouvrent un jour. Et c'est le même chaos qui m'agite. Je les garde fermés.

Il s'était mis à pleurer. Il versait un torrent de larmes. Et l'autre le consolait. Du revers de la main droite, il s'était essuyé les larmes. Ils restèrent muets, tous les deux. Ils gardaient le regard fixé droit devant eux, comme si quelque chose retenait leur attention. Je me surpris les yeux embués de larmes que j'essuai fébrilement. Je regardai aussi devant moi.

- Comment tu trouves le monde aujourd'hui ? Demandait le plus âgé des deux.

- D'un calme inquiétant.

En effet, le calme, dans un monde en proie au *brutalisme*, ne pouvait qu'inquiéter. On avait l'impression que la violence apaisait les humains. Un monde calme ne pouvait qu'être inquiétant. On redoute le pire qu'on aimerait avoir connu dans le dos. Mais le calme signifiait qu'il était droit devant.

- C'est triste, hein ?

- Ah ! Si ça ne pouvait qu'être triste.

- Hélas ! C'est aussi douloureux.

- Hélas !

Je sortais peu à peu de ma torpeur. Je comprenais mieux ce qu'ils disaient. Je me réjouissais de ma présence en cet endroit. De temps en temps, le plus âgé prenait la chose qu'il tenait en main et la rapprochait de son visage. De très près. Il me semblait qu'il la reniflait plus qu'il la contemplait. Je ne pouvais voir ce que c'était.

- Ça te manque ? Lui demandait l'autre.

- Tu ne peux imaginer à quel point. Et dire que tous les secrets d'un monde meilleur s'y trouve confiné.

- Très peu le savent, malheureusement.

- Rien ne m'attriste autant.

- Pourquoi tu n'as pas voulu apprendre ?

- Ah ! La grande question. Apprendre, c'était le reconnaître. Reconnaître que j'en étais devenu incapable, que je ne pourrais plus jamais. Que c'était fini pour moi, tout de bon. Et surtout que cela était arrivé cette année-là. Celle-là, et pas une autre. Tu sais, j'y avais trouvé une sérieuse raison de vivre. Une qui tenait vraiment la route. Et puis tout d'un coup, plus rien. J'étais resté là dans cette immensité qu'on m'avait confiée. J'en avais toujours rêvé. Mais je ne m'en plains pas. Comme je me le suis dit, c'est comme un soir d'été qui tombe lentement.

- Ce que tu tiens là, c'est de toi ?

\-   Le dernier qui vient de paraître. Hélas ! Je ne peux suivre les pas des mots dans les méandres de mes phrases.

\-   Hélas ! Si c'était du Braille, j'en aurais lu quelques passages. Mais ne t'inquiète pas, nous en avons suffisamment dans nos têtes pour y puiser aussi longtemps que nous serons sur cette terre.

\-   Plus qu'il n'en faudra. Mais le jeune homme derrière nous, ne pourrions-nous pas lui demander de nous rendre ce service ?

\-   On le pourrait bien, mais le ferait-il par devoir ou par inclination ?

*

Pendant tout ce temps, ils savaient que j'étais derrière eux. Oui, ils le savaient. Mais ils n'avaient pas besoin de moi. Peut-être l'avez-vous deviné, ils étaient deux aveugles. Mais deux aveugles qui voyaient mieux que moi. Deux aveugles clairvoyants. J'aurais mis ma tête sous une guillotine, ma main dans les flammes même de l'enfer…Pour moi, ils ne pouvaient pas être des aveugles. C'était tout simplement impossible. De nous trois, la chose était tout à fait claire, s'il fallait identifier un aveugle, ç'aurait été moi. À coup sûr.

\-   Ah ! J'oubliais. Comment est-ce qu'on t'appelle ? Demandait le plus jeune au plus âgé.

\-   La chose est-elle importante ? Juste un B suffirait à me nommer.

\-   Par B commence ton nom ?

\- Par B commence mon nom.

\- Par B commence le mien aussi.

\- Quelle heureuse coïncidence ! Mais B, n'est-ce pas là qu'une lettre ? Appelle-moi donc Frère. Ou tout simplement L'Humain.

About the Author

Appolinaire Zilhoubé

Appolinaire Zilhoubé est un jeune Africain cosmopolite. Lecteur, il s'intéresse de plus en plus à l'histoire authentique de l'Afrique et au devenir de ce continent. Il multiplie les lectures, principalement des ouvrages écrits par des auteurs de bonne foi, peu importe leur race, en gardant en filigrane le thème de « la contribution de l'Afrique à la civilisation universelle ».

www.ingramcontent.com/pod-product-compliance
Lightning Source LLC
LaVergne TN
LVHW041543070526
838199LV00046B/1811